小经典系列

LUXUNJINGDIANQUANJI

XIAOJINGDIANLIXIE

SINCE 2020

U0675858

鲁迅全集典

狂人日记

鲁迅/著

中国文史出版社

图书在版编目（CIP）数据

狂人日记/鲁迅著 . —北京：中国文史出版社，
2020. 5（2023. 5）

（鲁迅经典全集）

ISBN 978 – 7 – 5205 – 2007 – 2

Ⅰ. ①狂… Ⅱ. ①鲁… Ⅲ. ①鲁迅小说 – 小说集②鲁
迅散文 – 散文集 Ⅳ. ①I210. 2

中国版本图书馆 CIP 数据核字（2020）第 067151 号

责任编辑：刘　夏

封面设计：周　飞

出版发行：中国文史出版社

社　　址：北京市海淀区西八里庄路 69 号 邮编：100036

电　　话：010 – 81136606 81136602 81136603（发行部）

传　　真：010 – 81136655

印　　装：三河市华晨印务有限公司

经　　销：全国新华书店

开　　本：880×1230　1/32

印　　张：60　　　字数：1400 千字

版　　次：2020 年 5 月北京第 1 版

印　　次：2023 年 5 月第 5 次印刷

定　　价：298. 00 元（全 10 册）

目　录

狂人日记

狂 人 日 记

　　某君昆仲①，今隐其名，皆余昔日在中学校时良友；分隔多年，消息渐阙。日前偶闻其一大病；适归故乡，迂道往访，则仅晤一人，言病者其弟也。劳君远道来视，然已早愈，赴某地候补②矣。因大笑，出示日记二册，谓可见当日病状，不妨献诸旧友。持归阅一过，知所患盖"迫害狂"之类。语颇错杂无伦次，又多荒唐之言；亦不著月日，唯墨色字体不一，知非一时所书。间亦有略具联络者，今撮录一篇，以供医家研究。记中语误，一字不易；唯人名虽皆村人，不为世间所知，无关大体，然亦悉易去。至于书名，则本人愈后所题，不复改也。七年四月二日

一

　　今天晚上，很好的月光。

　　我不见他，已是三十多年；今天见了，精神分外爽快。才知道以前的三十多年，全是发昏；然而须十分小心。不然，那赵家的狗，何以看我两眼呢？

　　我怕得有理。

---

　　①　昆仲：对他人弟兄的敬称。

　　②　候补：清代规定，有衔而无职的中下级官员可由吏部随机分配至某部或某省听候随时任用，称为候补。

二

今天全没月光，我知道不妙。早上小心出门，赵贵翁的眼色便怪：似乎怕我，似乎想害我。还有七八个人，交头接耳的议论我，又怕我看见。一路上的人，都是如此。其中最凶的一个人，张着嘴，对我笑了一笑；我便从头直冷到脚跟，晓得他们布置，都已妥当了。

我可不怕，仍旧走我的路。前面一伙小孩子，也在那里议论我；眼色也同赵贵翁一样，脸色也都铁青。我想我同小孩子有什么仇，他也这样。忍不住大声说："你告诉我！"他们可就跑了。

我想：我同赵贵翁有什么仇，同路上的人又有什么仇；只有廿年以前，把古久先生的陈年流水簿子①，踹了一脚，古久先生很不高兴。赵贵翁虽然不认识他，一定也听到风声，代抱不平；约定路上的人，同我作冤对。但是小孩子呢？那时候，他们还没有出世，何以今天也睁着怪眼睛，似乎怕我，似乎想害我。这真教我怕，教我纳罕而且伤心。

我明白了。这是他们娘老子教的！

三

晚上总是睡不着。凡事须得研究，才会明白。

他们——也有给知县打枷过的，也有给绅士掌过嘴的，也有衙役占了他妻子的，也有老子娘被债主逼死的；他们那时候的脸色，全没有昨天这么怕，也没有这么凶。

最奇怪的是昨天街上的那个女人，打他儿子，嘴里说道："老子呀！我要咬你几口才出气！"他眼睛却看着我。我出了一惊，遮掩不住；那青面獠牙的一伙人，便都哄笑起来。陈老

---

① 古久先生的陈年流水簿子：比喻中国延续数千年的封建统治历史。

五赶上前，硬把我拖回家中了。

拖我回家，家里的人都装作不认识我；他们的眼色，也全同别人一样。进了书房，便反扣上门，宛然是关了一只鸡鸭。这一件事，越教我猜不出底细。

前几天，狼子村的佃户来告荒，对我大哥说，他们村里的一个大恶人，给大家打死了；几个人便挖出他的心肝来，用油煎炒了吃，可以壮壮胆子。我插了一句嘴，佃户和大哥便都看我几眼。今天才晓得他们的眼光，全同外面的那伙人一模一样。

想起来，我从顶上直冷到脚跟。

他们会吃人，就未必不会吃我。

你看那女人"咬你几口"的话，和一伙青面獠牙人的笑，和前天佃户的话，明明是暗号。我看出他话中全是毒，笑中全是刀。他们的牙齿，全是白厉厉的排着，这就是吃人的家伙。

照我自己想，虽然不是恶人，自从踹了古久家的簿子，可就难说了。他们似乎别有心思，我全猜不出。况且他们一翻脸，便说人是恶人。我还记得大哥教我做论，无论怎样好人，翻他几句，他便打上几个圈；原谅坏人几句，他便说"翻天妙手，与众不同"。我哪里猜得到他们的心思，究竟怎样；况且是要吃的时候。

凡事总须研究，才会明白。古来时常吃人，我也还记得，可是不甚清楚。我翻开历史一查，这历史没有年代，歪歪斜斜的每页上都写着"仁义道德"几个字。我横竖睡不着，仔细看了半夜，才从字缝里看出字来，满本都写着两个字是"吃人"！

书上写着这许多字，佃户说了这许多话，却都笑吟吟地睁着怪眼睛看我。

我也是人，他们想要吃我了！

四

　　早上，我静坐了一会。陈老五送进饭来，一碗菜，一碗蒸鱼；这鱼的眼睛，白而且硬，张着嘴，同那一伙想吃人的人一样。吃了几筷，滑溜溜的不知是鱼是人，便把他兜肚连肠的吐出。

　　我说："老五，对大哥说，我闷得慌，想到园里走走。"老五不答应，走了；停一会，可就来开了门。

　　我也不动，研究他们如何摆布我；知道他们一定不肯放松。果然！我大哥引了一个老头子，慢慢走来；他满眼凶光，怕我看出，只是低头向着地，从眼镜横边暗暗看我。大哥说："今天你仿佛很好。"我说："是的。"大哥说："今天请何先生来，给你诊一诊。"我说："可以！"其实我岂不知道这老头子是刽子手扮的！无非借了看脉这名目，揣一揣肥瘠：因这功劳，也分一片肉吃。我也不怕；虽然不吃人，胆子却比他们还壮。伸出两个拳头，看他如何下手。老头子坐着，闭了眼睛，摸了好一会，呆了好一会；便张开他鬼眼睛说："不要乱想。静静的养几天，就好了。"

　　不要乱想，静静的养！养肥了，他们是自然可以多吃；我有什么好处，怎么会"好了"？他们这群人，又想吃人，又是鬼鬼祟祟，想法子遮掩，不敢直接下手，真要令我笑死。我忍不住，便放声大笑起来，十分快活。自己晓得这笑声里面，有的是义勇和正气。老头子和大哥，都失了色，被我这勇气正气镇压住了。

　　但是我有勇气，他们便越想吃我，沾光一点这勇气。老头子跨出门，走不多远，便低声对大哥说道："赶紧吃罢！"大哥点点头。原来也有你！这一件大发现，虽似意外，也在意中：合伙吃我的人，便是我的哥哥！

　　吃人的是我哥哥！

　　我是吃人的人的兄弟！

我自己被人吃了，可仍然是吃人的人的兄弟！

五

这几天是退一步想：假使那老头子不是刽子手扮的，真是医生，也仍然是吃人的人。他们的祖师李时珍做的"本草什么"① 上，明明写着人肉可以煎吃；他还能说自己不吃人么？

至于我家大哥，也毫不冤枉他。他对我讲书的时候，亲口说过可以"易子而食"②；又一回偶然议论起一个不好的人，他便说不但该杀，还当"食肉寝皮"③。我那时年纪还小，心跳了好半天。前天狼子村佃户来说吃心肝的事，他也毫不奇怪，不住地点头。可见心思是同从前一样狠。既然可以"易子而食"，便什么都易得，什么人都吃得。我从前单听他讲道理，也糊涂过去；现在晓得他讲道理的时候，不但唇边还抹着人油，而且心里满装着吃人的意思。

六

黑漆漆的，不知是日是夜。赵家的狗又叫起来了。

狮子似的凶心，兔子的怯弱，狐狸的狡猾，……

---

① "本草什么"："狂人"所指为药物学著作《本草纲目》，该书中提及唐代陈藏器《本草拾遗》中有以人肉治疗痨病的记载，但对此说表示了反对。本文说李时珍的书"明明写着人肉可以煎吃"，应属"狂人"的"记中语误"。

② "易子而食"：典出《左传·宣公十五年》："敝邑易子而食，析骸而爨。"意即互相交换着吃孩子，把死人骸骨分开当柴火烧。

③ "食肉寝皮"：典出《左传·襄公二十一年》："然二子者，譬于禽兽，臣食其肉而寝处其皮矣。"系晋国州绰对齐庄公讲的话。"二子"指齐国的殖绰和郭最，二人均曾为州绰俘虏过。

七

我晓得他们的方法，直接杀了，是不肯的，而且也不敢，怕有祸祟。所以他们大家联络，布满了罗网，逼我自戕。试看前几天街上男女的样子，和这几天我大哥的作为，便足可悟出八九分了。最好是解下腰带，挂在梁上，自己紧紧勒死；他们没有杀人的罪名，又偿了心愿，自然都欢天喜地地发出一种呜呜咽咽的笑声。否则惊吓忧愁死了，虽则略瘦，也还可以首肯几下。

他们是只会吃死肉的！——记得什么书上说，有一种东西，叫"海乙那"① 的，眼光和样子都很难看；时常吃死肉，连极大的骨头，都细细嚼烂，咽下肚子去，想起来也教人害怕。"海乙那"是狼的亲眷，狼是狗的本家。前天赵家的狗，看我几眼，可见他也同谋，早已接洽。老头子眼看着地，岂能瞒得我过。

最可怜的是我的大哥，他也是人，何以毫不害怕；而且合伙吃我呢？还是历来惯了，不以为非呢？还是丧了良心，明知故犯呢？

我诅咒吃人的人，先从他起头；要劝转吃人的人，也先从他下手。

八

其实这种道理，到了现在，他们也该早已懂得，……

忽然来了一个人；年纪不过二十左右，相貌是不很看得清楚，满面笑容，对了我点头，他的笑也不像真笑。我便问他："吃人的事，对么？"他仍然笑着说："不是荒年，怎么会吃

---

① "海乙那"：即鬣狗（英语 Hyena 的音译），产于非洲及亚洲一部分地区的一种食肉兽，常尾随狮虎等猛兽，吃它们剩下的残骨剩肉。

人。"我立刻就晓得,他也是一伙,喜欢吃人的;便自勇气百倍,偏要问他。

"对么?"

"这等事问他什么。你真会……说笑话。……今天天气很好。"

天气是好,月色也很亮了。可是我要问你:"对么?"

他不以为然了。含含糊糊地答道:"不……"

"不对?他们何以竟吃?!"

"没有的事……"

"没有的事?狼子村现吃;还有书上都写着,通红崭新!"

他便变了脸,铁一般青。睁着眼说:"有许有的,这是从来如此……"

"从来如此,便对么?"

"我不同你讲这些道理;总之你不该说,你说便是你错!"

我直跳起来,张开眼,这人便不见了。全身出了一大片汗。他的年纪,比我大哥小得远,居然也是一伙;这一定是他娘老子先教的。还怕已经教给他儿子了;所以连小孩子,也都恶狠狠的看我。

九

自己想吃人,又怕被别人吃了,都用着疑心极深的眼光,面面相觑。……

去了这心思,放心做事走路吃饭睡觉,何等舒服。这只是一条门槛,一个关头。他们可是父子兄弟夫妇朋友师生仇敌和各不相识的人,都结成一伙,互相劝勉,互相牵掣,死也不肯跨过这一步。

十

大清早,去寻我大哥;他立在堂门外看天,我便走到他背后，拦住门，格外沉静，格外和气地对他说：

"大哥，我有话告诉你。"

"你说就是，"他赶紧回过脸来，点点头。

"我只有几句话，可是说不出来。大哥，大约当初野蛮的人，都吃过一点人。后来因为心思不同，有的不吃人了，一味要好，便变了人，变了真的人。有的却还吃，——也同虫子一样，有的变了鱼鸟猴子，一直变到人。有的不要好，至今还是虫子。这吃人的人比不吃人的人，何等惭愧。怕比虫子的惭愧猴子，还差得很远很远。"

"易牙①蒸了他儿子，给桀纣吃，还是一直从前的事。谁晓得从盘古开辟天地以后，一直吃到易牙的儿子；从易牙的儿子，一直吃到徐锡林②；从徐锡林，又一直吃到狼子村捉住的人。去年城里杀了犯人，还有一个生痨病的人，用馒头蘸血舐〔shì，舔〕。"

"他们要吃我，你一个人，原也无法可想；然而又何必去入伙。吃人的人，什么事做不出；他们会吃我，也会吃你，一伙里面，也会自吃。但只要转一步，只要立刻改了，也就人人太平。虽然从来如此，我们今天也可以格外要好，说是不能！大哥，我相信你能说，前天佃户要减租，你说过不能。"

当初，他还只是冷笑，随后眼光便凶狠起来，一到说破他们的隐情，那就满脸都变成青色了。大门外立着一伙人，赵贵翁和他的狗，也在里面，都探头探脑地挨进来。有的是看不出面貌，似乎用布蒙着；有的是仍旧青面獠牙，抿着嘴笑。我认识他们是一伙，都是吃人的人。可是也晓得他们心思很不一

① 易牙：春秋时齐国人，善于烹调，事齐桓公而获宠。据《管子·小称》载："夫易牙以调和事公（即齐桓公），公曰：'惟蒸婴儿之未尝。'于是蒸其首子而献之公。"桀纣则是夏、商两代的末代君王，和易牙根本不处同一时代。文中说易牙蒸了他儿子给桀纣吃，亦系"狂人""记中语误"的表现。

② 徐锡林：指徐锡麟（1873—1907），字伯荪，浙江绍兴人。清末革命团体光复会的重要成员。1907年7月6日，徐以清政府官员身份为掩护刺杀安徽巡抚恩铭，发动起义，弹尽被捕后当日即被杀害，心肝被恩铭的亲兵挖出炒食。

样，一种是以为从来如此，应该吃的；一种是知道不该吃，可是仍然要吃，又怕别人说破他，所以听了我的话，越发气愤不过，可是抿着嘴冷笑。

这时候，大哥也忽然显出凶相，高声喝道：

"都出去！疯子有什么好看！"

这时候，我又懂得一件他们的巧妙了。他们岂但不肯改，而且早已布置；预备下一个疯子的名目罩上我。将来吃了，不但太平无事，怕还会有人见情。佃户说的大家吃了一个恶人，正是这方法。这是他们的老谱！

陈老五也气愤愤地直走进来。如何按得住我的口，我偏要对这伙人说：

"你们可以改了，从真心改起！要晓得将来容不得吃人的人，活在世上。"

"你们要不改，自己也会吃尽。即使生得多，也会给真的人除灭了，同猎人打完狼子一样！——同虫子一样！"

那一伙人，都被陈老五赶走了。大哥也不知哪里去了。陈老五劝我回屋子里去。屋里面全是黑沉沉的。横梁和椽子都在头上发抖；抖了一会，就大起来，堆在我身上。

万分沉重，动弹不得；他的意思是要我死。我晓得他的沉重是假的，便挣扎出来，出了一身汗。可是偏要说：

"你们立刻改了，从真心改起！你们要晓得将来是容不得吃人的人，……"

十一

太阳也不出，门也不开，日日是两顿饭。

我捏起筷子，便想起我大哥；晓得妹子死掉的缘故，也全在他。那时我妹子才五岁，可爱可怜的样子，还在眼前。母亲哭个不住，他却劝母亲不要哭；大约因为自己吃了，哭起来不免有点过意不去。如果还能过意不去，……

妹子是被大哥吃了，母亲知道没有，我可不得而知。

母亲想也知道；不过哭的时候，却并没有说明，大约也以为应当的了。记得我四五岁时，坐在堂前乘凉，大哥说爷娘生病，做儿子的须割下一片肉来，煮熟了请他吃①，才算好人；母亲也没有说不行。一片吃得，整个的自然也吃得。但是那天的哭法，现在想起来，实在还教人伤心，这真是奇极的事！

十二

不能想了。

四千年来时时吃人的地方，今天才明白，我也在其中混了多年；大哥正管着家务，妹子恰恰死了，他未必不和在饭菜里，暗暗给我们吃。

我未必无意之中，不吃了我妹子的几片肉，现在也轮到我自己，……

有了四千年吃人履历的我，当初虽然不知道，现在明白，难见真的人！

十三

没有吃过人的孩子，或者还有？

救救孩子……

一九一八年四月。

＊本篇最初发表于一九一八年五月《新青年》第四卷第五号。作者首次采用"鲁迅"这一笔名。作者在《〈中国新文学大系〉小说二集序》《且介亭杂文二集》中说本篇"意在暴露家族制度和礼教的弊害"。

---

① 意即"割股疗亲"，是封建时代统治者提倡的一种孝道。

其他散文汇编

春 末 闲 谈

　　北京正是春末，也许我过于性急之故罢，觉着夏意了，于是突然记起故乡的细腰蜂。那时候大约是盛夏，青蝇密集在凉棚索子上，铁黑色的细腰蜂就在桑树间或墙角的蛛网左近往来飞行，有时衔一支小青虫去了，有时拉一个蜘蛛。青虫或蜘蛛先是抵抗着不肯去，但终于乏力，被衔着腾空而去了，坐了飞机似的。

　　老前辈们开导我，那细腰蜂就是书上所说的果蠃〔luǒ，蜾蠃：一种寄生蜂〕，纯雌无雄，必须捉螟蛉去做继子的。它将小青虫封在窠〔kē，鸟兽昆虫的窝〕里，自己在外面日日夜夜敲打着，祝到"像我像我"，经过若干日，——我记不清了，大约七七四十九日罢，——那青虫也就成了细腰蜂了，所以《诗经》里说："螟蛉有子，果蠃负之。"螟蛉就是桑上小青虫。蜘蛛呢？他们没有提。我记得有几个考据家曾经立过异说，以为她其实自能生卵；其捉青虫，乃是填在窠里，给孵化出来的幼蜂做食料的。但我所遇见的前辈们都不采用此说，还道是拉去做女儿。我们为存留天地间的美谈起见，倒不如这样好。当长夏无事，避暑林荫，瞥见二虫一拉一拒的时候，便如睹慈母教女，满怀好意，而青虫的婉转抗拒，则活像一个不识好歹的毛鸦头。

　　但究竟是夷人可恶，偏要讲什么科学。科学虽然给我们许多惊奇，但也搅坏了我们许多好梦。自从法国的昆虫学大家发勃耳（Fabre）① 仔细观察之后，给幼蜂做食料的事可就证实

---

　　① 发勃耳（Fabre）：今译法布尔（1823—1915），法国昆虫学家，著有《昆虫记》等。

了。而且，这细腰蜂不但是普通的凶手，还是一种很残忍的凶手，又是一个学识技术都极高明的解剖学家。她知道青虫的神经构造和作用，用了神奇的毒针，向那运动神经球上只一螫，它便麻痹为不死不活状态，这才在它身上生下蜂卵，封入窠中。青虫因为不死不活，所以不动，但也因为不活不死，所以不烂，直到它的子女孵化出来的时候，这食料还和被捕当日一样的新鲜。

三年前，我遇见神经过敏的俄国的 E 君①，有一天他忽然发愁到，不知道将来的科学家，是否不至于发明一种奇妙的药品，将这注射在谁的身上，则这人即甘心永远去做服役和战争的机器了？那时我也就皱眉叹息，装作一起发愁的模样，以示"所见略同"之至意，殊不知我国的圣君，贤臣，圣贤，圣贤之徒，却早已有过这一种黄金世界的理想了。不是"唯辟作福，唯辟作威，唯辟玉食"②么？不是"君子劳心，小人劳力"么？不是"治于人者食（去声）人，治人者食于人"么？可惜理论虽已卓然，而终于没有发明十全的好方法。要服从作威就须不活，要贡献玉食就须不死；要被治就须不活，要供养治人者又须不死。人类升为万物之灵，自然是可贺的，但没有了细腰蜂的毒针，却很使圣君，贤臣，圣贤，圣贤之徒，以至现在的阔人，学者，教育家觉得棘手。将来未可知，若已往，则治人者虽然尽力施行过各种麻痹术，也还不能十分奏效，与果赢并驱争先。即以皇帝一伦而言，便难免时常改姓易代，终没有"万年有道之长"；《二十四史》而多至二十四，就是可悲的铁证。现在又似乎有些别开生面了，世上挺生了一种所谓"特殊知识阶级"的留学生，在研究室中研究之结果，说医学不发达是有益于人种改良的，中国妇女的境遇是极其平等的，

① E 君：指俄罗斯盲诗人、童话作家爱罗先珂（1889—1952），在中国出版有《爱罗先珂童话集》《桃色的云》等。

② "唯辟作福，唯辟作威，唯辟玉食"：出自《尚书·洪范》。辟，即天子或诸侯。

一切道理都已不错，一切状态都已够好。E君的发愁，或者也不为无因罢，然而俄国是不要紧的，因为他们不像我们中国，有所谓"特别国情"，还有所谓"特殊知识阶级"。

但这种工作，也怕终于像古人那样，不能十分奏效的罢，因为这实在比细腰蜂所做的要难得多。它于青虫，只须不动，所以仅在运动神经球上一螫，即告成功。而我们的工作，却求其能运动，无知觉，该在知觉神经中枢，加以完全的麻醉的。但知觉一失，运动也就随之失却主宰，不能贡献玉食，恭请上自"极峰"①下至"特殊知识阶级"的赏收享用了。就现在而言，窃以为除了遗老的圣经贤传法，学者的进研究室主义②，文学家和茶摊老板的莫谈国事律，教育家的勿视勿听勿言勿动论之外，委实还没有更好，更完全，更无流弊的方法。便是留学生的特别发现，其实也并未逸出了前贤的范围。

那么，又要"礼失而求诸野"③了。夷人，现在因为想去取法，姑且称之为外国，他那里，可有较好的法子么？可惜，也没有。所有者，仍不外乎不准集会，不许开口之类，和我们中华并没有什么很不同。然亦可见至道嘉猷〔yóu，计谋，打算，谋划〕，人同此心，心同此理，固无华夷之限也。猛兽是单独的，牛羊则结队；野牛的大队，就会排角成城以御强敌了，但拉开一匹，定只能哞哞地叫。人民与牛马同流，——此就中国而言，夷人别有分类法云，——治之之道，自然应该禁止集合：这方法是对的。其次要防说话。人能说话，已经是祸胎了，而况有时还要作文章。所以苍颉〔jié，人名〕造字，夜有鬼哭。鬼且反对，而况于官？猴子不会说话，猴界即向无风潮，——可是猴界中也没有官，但这又作别论，——确应该虚心取法，返璞归真，则口且不开，文章自灭：这方法也是对

---

① "极峰"：旧时官僚政客对最高统治者的媚称。

② 研究室主义：一九一九年由胡适在《每周评论》上提出，号召学者"进研究室""整理国故"，目的是让他们逃避现实，放弃斗争。

③ "礼失而求诸野"：野指民间。系《汉书·艺文志》中所载孔子的话。

的。然而上文也不过就理论而言，至于实效，却依然是难说。最显著的例，是连那么专制的俄国，而尼古拉二世①"龙御上宾"之后，罗马诺夫氏竟已"覆宗绝祀"了。要而言之，那大缺点就在虽有二大良法，而还缺其一，便是：无法禁止人们的思想。

于是我们的造物主——假如天空真有这样的一位"主子"——就可恨了：一恨其没有永远分清"治者"与"被治者"；二恨其不给治者生一支细腰蜂那样的毒针；三恨其不将被治者造得即使砍去了藏着的思想中枢的脑袋而还能动作——服役。三者得一，阔人的地位即永久稳固，统御也永久省了气力，而天下于是乎太平。今也不然，所以即使单想高高在上，暂时维持阔气，也还得日施手段，夜费心机，实在不胜其委屈劳神之至……

假使没有了头颅，却还能做服役和战争的机械，世上的情形就何等地醒目呵，这时再不必用什么制帽勋章来表明阔人和窄人了，只要一看头之有无，便知道主奴，官民，上下，贵贱的区别。并且也不至于再闹什么革命，共和，会议等等的乱子了，单是电报，就要省下许多许多来。古人毕竟聪明，仿佛早想到过这样的东西，《山海经》上就记载着一种名叫"刑天"的怪物。他没有了能想的头，却还活着，"以乳为目，以脐为口"，——这一点想得很周到，否则他怎么看，怎么吃呢，——实在是很值得奉为师法的。假使我们的国民都能这样，阔人又何等安全快乐？但他又"执干戚而舞"，则似乎还是死也不肯安分，和我那专为阔人图便利而设的理想底好国民又不同。陶潜先生又有诗道："刑天舞干戚，猛志固常在。"连这位貌似旷达的老隐士也这么说，可见无头也会仍有猛志，阔人的天下一时总怕难得太平的了。但有了太多的"特殊知识阶级"的国民，也许有特在例外的希望；况且精神文明太

① 尼古拉二世（Ннколай Ⅱ，1868—1918）：俄国罗曼诺夫王朝的末代皇帝。

高了之后，精神的头就会提前飞去，区区物质的头的有无也算不得什么难问题。

一九二五年四月二十二日。

＊本篇最初发表于一九二五年四月二十四日北京《莽原》周刊第一期，署名冥昭。

灯 下 漫 笔

一

　　有一时，就是民国二三年时候，北京的几个国家银行①的钞票，信用日见其好了，真所谓蒸蒸日上。听说连一向执迷于现银的乡下人，也知道这既便当，又可靠，很乐意收受，行使了。至于稍明事理的人，则不必是"特殊知识阶级"，也早不将沉重累赘的银圆装在怀中，来自讨无谓的苦吃。想来，除了多少对于银子有特别嗜好和爱情的人物之外，所有的怕大都是钞票了罢，而且多是本国的。但可惜后来忽然受了一个不小的打击。

　　就是袁世凯想做皇帝的那一年，蔡松坡②先生溜出北京，到云南去起义。这边所受的影响之一，是中国和交通银行的停止兑现。虽然停止兑现，政府勒令商民照旧行用的威力却还有的；商民也自有商民的老本领，不说不要，却道找不出零钱。假如拿几十几百的钞票去买东西，我不知道怎样，但倘使只要买一支笔，一盒烟卷呢，难道就付给一元钞票么？不但不甘心，也没有这许多票。那么，换铜元，少换几个罢，又都说没有铜元。那么，到亲戚朋友那里借现钱去罢，怎么会有？于是降格以求，不讲爱国了，要外国银行的钞票。但外国银行的钞

---

　　① 国家银行：此处指北洋军阀统治时的中国银行和交通银行。下文所说"中交票"即指此二行所发行货币。
　　② 蔡松坡：蔡锷（1882—1916），原名艮寅，字松坡，湖南邵阳人，民主革命家，军事家。

票这时就等于现银，他如果借给你这钞票，也就借给你真的银圆了。

我还记得那时我怀中还有三四十元的中交票，可是忽而变了一个穷人，几乎要绝食，很有些恐慌。俄国革命以后的藏着纸卢布的富翁的心情，恐怕也就这样的罢；至多，不过更深更大罢了。我只得探听，钞票可能折价换到现银呢？说是没有行市。幸而终于，暗暗地有了行市了：六折几。我非常高兴，赶紧去卖了一半。后来又涨到七折了，我更非常高兴，全去换了现银，沉甸甸地坠在怀中，似乎这就是我的性命的斤两。倘在平时，钱铺子如果少给我一个铜元，我是决不答应的。

但我当一包现银塞在怀中，沉甸甸地觉得安心，喜欢的时候，却突然起了另一思想，就是：我们极容易变成奴隶，而且变了之后，还万分喜欢。

假如有一种暴力，"将人不当人"，不但不当人，还不及牛马，不算什么东西；待到人们羡慕牛马，发生"乱离人，不及太平犬"的叹息的时候，然后给予他略等于牛马的价格，有如元朝定律，打死别人的奴隶，赔一头牛，则人们便要心悦诚服，恭颂太平的盛世。为什么呢？因为他虽不算人，究竟已等于牛马了。

我们不必恭读《钦定二十四史》，或者入研究室，审察精神文明的高超。只要一翻孩子所读的《鉴略》，——还嫌繁重，则看《历代纪元编》①，就知道"三千余年古国古"的中华，历来所闹的就不过是这一个小玩艺。但在新近编纂的所谓"历史教科书"一流东西里，却不大看得明白了，只仿佛说：咱们向来就很好的。

但实际上，中国人向来就没有争到过"人"的价格，至多不过是奴隶，到现在还如此，然而下于奴隶的时候，却是数见不鲜的。中国的百姓是中立的，战时连自己也不知道属于哪一面，但又属于无论哪一面。强盗来了，就属于官，当然该被

───────────────

① 《历代纪元编》：清人李兆洛门人六承如所编中国历史干支年表。

杀掠；官兵既到，该是自家人了罢，但仍然要被杀掠，仿佛又属于强盗似的。这时候，百姓就希望有一个一定的主子，拿他们去做百姓，——不敢，是拿他们去做牛马，情愿自己寻草吃，只求他决定他们怎样跑。

假使真有谁能够替他们决定，定下什么奴隶规则来，自然就"皇恩浩荡"了。可惜的是往往暂时没有谁能定。举其大者，则如五胡十六国的时候，黄巢的时候，五代时候，宋末元末时候，除了老例的服役纳粮以外，都还要受意外的灾殃。张献忠的脾气更古怪了，不服役纳粮的要杀，服役纳粮的也要杀，敌他的要杀，降他的也要杀：将奴隶规则毁得粉碎。这时候，百姓就希望来一个另外的主子，较为顾及他们的奴隶规则的，无论仍旧，或者新颁，总之是有一种规则，使他们可上奴隶的轨道。

"时日曷丧，予及汝偕亡！"① 愤言而已，决心实行的不多见。实际上大概是群盗如麻，纷乱至极之后，就有一个较强，或较聪明，或较狡滑，或是外族的人物出来，较有秩序地收拾了天下。厘定规则：怎样服役，怎样纳粮，怎样磕头，怎样颂圣。而且这规则是不像现在那样朝三暮四的。于是便"万姓胪〔lú，传语、陈述〕欢"② 了；用成语来说，就叫作"天下太平"。

任凭你爱排场的学者们怎样铺张，修史时候设些什么"汉族发祥时代""汉族发达时代""汉族中兴时代"的好题目，好意诚然是可感的，但措辞太绕弯子了。有更其直截了当的说法在这里——

一、想做奴隶而不得的时代；

二、暂时做稳了奴隶的时代。

这一种循环，也就是"先儒"之所谓"一治一乱"；那些

---

① "时日曷丧，予及汝偕亡！"：出自《尚书·汤誓》，是广大国民因对夏桀怨恨至极而说出的愤激之语。

② "万姓胪欢"：意为老百姓都表示欢迎。

作乱人物，从后日的"臣民"看来，是给"主子"清道辟路的，所以说："为圣天子驱除云尔。"①

现在入了哪一时代，我也不了然。但看国学家的崇奉国粹，文学家的赞叹固有文明，道学家的热心复古，可见于现状都已不满了。然而我们究竟正向着哪一条路走呢？百姓是一遇到莫名其妙的战争，稍富的迁进租界，妇孺则避入教堂里去了，因为那些地方都比较的"稳"，暂不至于想做奴隶而不得。总而言之，复古的，避难的，无智愚贤不肖，似乎都已神往于三百年前的太平盛世，就是"暂时做稳了奴隶的时代"了。

但我们也就都像古人一样，永久满足于"古已有之"的时代么？都像复古家一样，不满于现在，就神往于三百年前的太平盛世么？

自然，也不满于现在的，但是，无须反顾，因为前面还有道路在。而创造这中国历史上未曾有过的第三样时代，则是现在的青年的使命！

二

但是赞颂中国固有文明的人们多起来了，加之以外国人。我常常想，凡有来到中国的，倘能疾首蹙额〔cù é，皱着眉头〕而憎恶中国，我敢诚意地捧献我的感谢，因为他一定是不愿意吃中国人的肉的！

鹤见祐辅②氏在《北京的魅力》中，记一个白人将到中国，预定的暂住时候是一年，但五年之后，还在北京，而且不想回去了。有一天，他们两人一同吃晚饭——

①　"为圣天子驱除云尔"：意为为真命天子扫清道路上的障碍，语出《汉书》。

②　鹤见祐辅（1885—1972）：日本现代评论家。鲁迅译有其杂文集《思想·山水·人物》，《北京的魅力》即为其中一篇。

"在圆的桃花心木的食桌前坐定，川流不息地献着山海的珍味，谈话就从古董，画，政治这些开头。电灯上罩着支那式的灯罩，淡淡的光洋溢于古物罗列的屋子中。什么无产阶级呀，Proletariat① 呀那些事，就像不过在什么地方刮风。"

　　"我一面陶醉在支那生活的空气中，一面深思着对于外人有着'魅力'的这东西。元人也曾征伐支那，而被征服于汉人种的生活美了；满人也征伐支那，而被征服于汉人种的生活美了。现在西洋人也一样，嘴里虽然说着Democracy 呀，什么什么呀，而却被魅于支那人费六千年而建筑起来的生活的美。一经住过北京，就忘不掉那生活的味道。大风时候的万丈的沙尘，每三月一回的督军们的开战游戏，都不能抹去这支那生活的魅力。"

这些话我现在还无力否认他。我们的古圣先贤既给予我们保古守旧的格言，但同时也排好了用子女玉帛所做的奉献于征服者的大宴。中国人的耐劳，中国人的多子，都就是办酒的材料，到现在还为我们的爱国者所自诩的。西洋人初入中国时，被称为蛮夷，自不免个个蹙额，但是，现在则时机已至，到了我们将曾经献于北魏，献于金，献于元，献于清的盛宴，来献给他们的时候了。出则汽车，行则保护：虽遇清道，然而通行自由的；虽或被劫，然而必得赔偿的；孙美瑶②掳去他们站在军前，还使官兵不敢开火。何况在华屋中享用盛宴呢？待到享受盛宴的时候，自然也就是赞颂中国固有文明的时候；但是我们的有些乐观的爱国者，也许反而欣然色喜，以为他们将要开始被中国同化了罢。古人曾以女人作苟安的城堡，美其名以自欺曰"和亲"，今人还用子女玉帛为作奴的赞〔zhì，古代初次拜见

① Proletariat：英语，即无产阶级。
② 孙美瑶（1899—1923）：二十世纪二十年代盘踞在山东枣庄一带的土匪头子。一九二三年曾袭击津浦列车，掳去中外旅客二百余人，并以他们为要挟，轰动一时。

[尊长所送的礼物〕敬，又美其名曰"同化"。所以倘有外国的谁，到了已有赴宴的资格的现在，而还替我们诅咒中国的现状者，这才是真有良心的真可佩服的人！

但我们自己是早已布置妥帖了，有贵贱，有大小，有上下。自己被人凌虐，但也可以凌虐别人；自己被人吃，但也可以吃别人。一级一级的制驭着，不能动弹，也不想动弹了。因为倘一动弹，虽或有利，然而也有弊。我们且看古人的良法美意罢——

> "天有十日，人有十等。下所以事上，上所以共神也。故王臣公，公臣大夫，大夫臣士，士臣皂，皂臣舆，舆臣隶，隶臣僚，僚臣仆，仆臣台。"（《左传》昭公七年）

但是"台"没有臣，不是太苦了么？无须担心的，有比他更卑的妻，更弱的子在。而且其子也很有希望，他日长大，升而为"台"，便又有更卑更弱的妻子，供他驱使了。如此连环，各得其所，有敢非议者，其罪名曰不安分！

虽然那是古事，昭公七年离现在也太辽远了，但"复古家"尽可不必悲观的。太平的景象还在：常有兵燹，常有水旱，可有谁听到大叫唤么？打的打，革的革，可有处士来横议么？对国民如何专横，向外人如何柔媚，不犹是差等的遗风么？中国固有的精神文明，其实并未为共和二字所埋没，只有满人已经退席，和先前稍不同。

因此我们在目前，还可以亲见各式各样的筵宴，有烧烤，有翅席，有便饭，有西餐。但茅檐下也有淡饭，路旁也有残羹，野上也有饿莩；有吃烧烤的身价不资的阔人，也有饿得垂死的每斤八文的孩子（见《现代评论》二十一期）。所谓中国的文明者，其实不过是安排给阔人享用的人肉的筵宴。所谓中国者，其实不过是安排这人肉的筵宴的厨房。不知道而赞颂者是可恕的，否则，此辈当得永远的诅咒！

外国人中，不知道而赞颂者，是可恕的；占了高位，养尊处优，因此受了蛊惑，昧却灵性而赞叹者，也还可恕的。可是

其他散文汇编

还有两种，其一是以中国人为劣种，只配悉照原来模样，因而故意称赞中国的旧物。其一是愿世间人各不相同以增自己旅行的兴趣，到中国看辫子，到日本看木屐，到高丽看笠子，倘若服饰一样，便索然无味了，因而来反对亚洲的欧化。这些都可憎恶。至于罗素在西湖见轿夫含笑，便赞美中国人，则也许别有意思罢。但是，轿夫如果能对坐轿的人不含笑，中国也早不是现在似的中国了。

这文明，不但使外国人陶醉，也早使中国一切人们无不陶醉而且至于含笑。因为古代传来而至今还在的许多差别，使人们各各分离，遂不能再感到别人的痛苦；并且因为自己各有奴使别人，吃掉别人的希望，便也就忘却自己同有被奴使被吃掉的将来。于是大小无数的人肉的筵宴，即从有文明以来一直排到现在，人们就在这会场中吃人，被吃，以凶人的愚妄的欢呼，将悲惨的弱者的呼号遮掩，更不消说女人和小儿。

这人肉的筵宴现在还排着，有许多人还想一直排下去。扫荡这些食人者，掀掉这筵席，毁坏这厨房，则是现在的青年的使命！

一九二五年四月二十九日。

＊本篇最初分两次发表于一九二五年五月一日、二十二日《莽原》周刊第二期和第五期。

杂 忆

1

有人说 G. Byron① 的诗多为青年所爱读，我觉得这话很有几分真。就自己而论，也还记得怎样读了他的诗而心神俱往；尤其是看见他那花布里头，去助希腊独立时候的肖像。这像，去年才从《小说月报》传入中国了。可惜我不懂英文，所看的都是译本。听近今的议论，译诗是已经不值一文钱，即使译得并不错。但那时大家的眼界还没有这样高，所以我看了译本，倒也觉得好，或者就因为不懂原文之故，于是便将臭草当作芳兰。《新罗马传奇》② 中的译文也曾传诵一时，虽然用的是词调，又译 Sappho③ 为"萨芷波"，证明着是根据日文译本的重译。

苏曼殊先生也译过几首，那时他还没有作诗《寄弹筝人》，因此与 Byron 也还有缘。但译文古奥得很，也许曾经章太炎先生润色的罢，所以真像古诗，可是流传倒并不广。后来收入他自印的绿面金签的《文学因缘》中，现在连这《文学因缘》也少见了。

其实，那时 Byron 之所以比较的为中国人所知，还有别一原因，就是他的助希腊独立。时当清的末年，在一部分中国青

---

① G. Byron：拜伦（1788—1824），英国浪漫主义诗人。

② 《新罗马传奇》：梁启超据自著的《意大利建国三杰传》所改编的戏曲。其中并无拜伦诗的译文，恐系作者误记。

③ Sappho：萨福（约前612—约前580），古希腊女诗人。

年的心中，革命思潮正盛，凡有叫喊复仇和反抗的，便容易惹起感应。那时我所记得的人，还有波兰的复仇诗人 Adam Mickiewicz①；匈牙利的爱国诗人 Petöfi Sándor；飞猎滨的文人而为西班牙政府所杀的厘沙路②，——他的祖父还是中国人，中国也曾译过他的绝命诗。Hauptmann③，Sudermann④，Ibsen 这些人虽然正负盛名，我们却不大注意。另有一部分人，则专意搜集明末遗民的著作，满人残暴的记录，钻在东京或其他的图书馆里，抄写出来，印了，输入中国，希望使忘却的旧恨复活，助革命成功。于是《扬州十日记》⑤《嘉定屠城记略》⑥《朱舜水集》《张苍水集》⑦ 都翻印了，还有《黄萧养回头》⑧ 及其他单篇的汇集，我现在已经举不出那些名目来。别有一部分人，则改名"扑满""打清"之类，算是英雄。这些大号，自然和实际的革命不甚相关，但也可见那时对于光复的渴望之心，是怎样的旺盛。

不独英雄式的名号而已，便是悲壮淋漓的诗文，也不过是纸片上的东西，于后来的武昌起义怕没有什么大关系。倘说影响，则别的千言万语，大概都抵不过浅近直截的"革命军马

---

① Adam Mickiewicz：密茨凯维支（1798—1855），波兰诗人、革命家。毕生为争取波兰独立而奋斗。

② 厘沙路：今译黎萨尔（J. Rizal, 1861—1896），菲律宾（文中之"飞猎滨"）作家，民族独立运动领袖。

③ Hauptmann：霍普德曼（1862—1946），德国剧作家。德国自然主义戏剧的代表作家之一，同时很多作品又具有强烈的社会批判意义。

④ Sudermann：苏德曼（1857—1928），德国剧作家、小说家。创作方法有自然主义倾向，作品以对话精练和情节紧凑见长。

⑤ 《扬州十日记》：清代王秀楚著。清顺治二年（1645），清军南下，在扬州遭南明史可法顽强抵抗，城破后清兵大肆屠杀长达十天，史称"扬州十日"。

⑥ 《嘉定屠城记略》：清代朱子素著。清顺治二年清军南下，为镇压抗清斗争，曾先后对嘉定进行过三次血腥屠杀，史称"嘉定三屠"。

⑦ 《张苍水集》：张煌言著，清末章炳麟辑。张煌言（1620—1664），字玄著，号苍水，浙江鄞县人。南明抗清义军领袖，文学家。

⑧ 《黄萧养回头》：以反清为主题的粤剧剧目，署名新广东武生撰。黄萧养为广东南海人，明中期广东农民起义领袖，一四五〇年战死。

前卒邹容"所做的《革命军》。

2

待到革命起来，就大体而言，复仇思想可是减退了。我想，这大半是因为大家已经抱着成功的希望，又服了"文明"的药，想给汉人挣一点面子，所以不再有残酷的报复。但那时的所谓文明，却确是洋文明，并不是国粹；所谓共和，也是美国法国式的共和，不是周召共和的共和。革命党人也大概竭力想给本族增光，所以兵队倒不大抢掠。南京的土匪兵小有劫掠，黄兴先生便勃然大怒，枪毙了许多，后来因为知道土匪是不怕枪毙而怕枭首的，就从死尸上割下头来，草绳络住了挂在树上。从此也不再有什么变故了，虽然我所住的一个机关的卫兵，当我外出时举枪立正之后，就从窗门洞爬进去取了我的衣服，但究竟手段已经平和得多，也客气得多了。

南京是革命政府所在地，当然格外文明。但我去一看先前的满人的驻在处，却是一片瓦砾；只有方孝孺血迹石①的亭子总算还在。这里本是明的故宫，我做学生时骑马经过，曾很被顽童骂詈〔lì，骂，责骂〕和投石，——犹言你们不配这样，听说向来是如此的。现在却面目全非了，居民寥寥；即使偶有几间破屋，也无门窗；若有门，则是烂洋铁做的。总之，是毫无一点木料。

那么，城破之时，汉人大大地发挥了复仇手段了么？并不然。知道情形的人告诉我：战争时候自然有些损坏；革命军一进城，旗人中间便有些人定要按古法殉难，在明的冷宫的遗址的屋子里使火药炸裂，以炸杀自己，恰巧一同炸死了几个适从近旁经过的骑兵。革命军以为埋藏地雷反抗了，便烧了一回，

① 方孝孺血迹石：方孝孺（1357—1402），字希直，浙江宁海人，明建文帝时任侍讲学士。燕王朱棣"靖难"后自立为帝，命方为他起草继位诏书，方抵死不从，血染于石，即血迹石。

可是燹余的房子还不少。此后是他们自己动手，拆屋材出卖，先拆自己的，次拆较多的别人的，待到屋无尺材寸椽，这才大家流散，还给我们一片瓦砾场。——但这是我耳闻的，保不定可是真话。

看到这样的情形，即使你将《扬州十日记》挂在眼前，也不至于怎样愤怒了罢。据我感得，民国成立以后，汉满的恶感仿佛很是消除了，各省的界线也比先前更其轻淡了。然而"罪孽深重不自殒灭"的中国人，不到一年，情形便又逆转：有宗社党①的活动和遗老的谬举而两族的旧史又令人忆起，有袁世凯的手段而南北的交恶②加甚，有阴谋家的狡计而省界又被利用③，并且此后还要增长起来！

3

不知道我的性质特别坏，还是脱不出往昔的环境的影响之故，我总觉得复仇是不足为奇的，虽然也并不想诬无抵抗主义者为无人格。但有时也想：报复，谁来裁判，怎能公平呢？便又立刻自答：自己裁判，自己执行；既没有上帝来主持，人便不妨以目偿头，也不妨以头偿目。有时也觉得宽恕是美德，但立刻也疑心这话是怯汉所发明，因为他没有报复的勇气；或者倒是卑怯的坏人所创造，因为他贻害于人而怕人来报复，便骗以宽恕的美名。

因此我常常欣慕现在的青年，虽然生于清末，而大抵长于民国，吐纳共和的空气，该不至于再有什么异族轭下的不平之

---

① 宗社党：清末由贵族良弼、毓朗、铁良等于一九一二年一月成立的政治组织，目的是保存清政权。其后曾多次谋划、进行复辟活动，均告失败。

② 南北交恶：南指以孙中山为首、以南方为根据地的国民党势力，北指袁世凯。双方于一九一三年七月爆发战争。

③ 省界又被利用：袁世凯垮台以后，北洋军阀以省为单位，各自为政，基本上保持着封建割据的局面，直至第一次国内革命战争时期。他们为了争抢地盘时联合混战，故作者说"省界又被利用"。

气，和被压迫民族的合辙之悲罢。果然，连大学教授①，也已经不解何以小说要描写下等社会的缘故了，我和现代人要相距一世纪的话，似乎有些确凿。但我也不想溷洗，——虽然很觉得惭惶。

当爱罗先珂君在日本未被驱逐之前，我并不知道他的姓名。直到已被放逐，这才看起他的作品来；所以知道那迫辱放逐的情形的，是由于登在《读卖新闻》上的一篇江口涣②氏的文字。于是将这译出，还译他的童话，还译他的剧本《桃色的云》。其实，我当时的意思，不过要传播被虐待者的苦痛的呼声和激发国人对于强权者的憎恶和愤怒而已，并不是从什么"艺术之宫"里伸出手来，拔了海外的奇花瑶草，来移植在华国的艺苑。

日文的《桃色的云》出版时，江口涣氏的文章也在，可是已被检查机关（警察厅？）删节得很多。我的译文是完全的，但当这剧本印成本子时，却没有印上去。因为其时我又见了另一种情形，起了另一种意见，不想在中国人的愤火上，再添薪炭了。

4

孔老先生说："毋友不如己者。"③ 其实这样的势利眼睛，现在的世界上还多得很。我们自己看看本国的模样，就可知道不会有什么友人的了，岂但没有友人，简直大半都曾经做过仇敌。不过仇甲的时候，向乙等候公论，后来仇乙的时候，又向甲期待同情，所以片段的看起来，倒也似乎并不是全世界都是

其他散文汇编

---

① 大学教授：指吴宓。吴宓（1894—1978），字雨僧，陕西泾阳人。曾留学美、英、法等国，时任东南大学教授。

② 江口涣（1887—1975）：日本作家。爱罗先珂曾游历日本，因参加反政府游行而被驱逐出境。江口涣有文章述及此事。

③ "毋友不如己者"：见《论语·学而》，作者用于此处，指金钱和地位方面不如己，变为讥讽人的势利了。

怨敌。但怨敌总常有一个，因此每一两年，爱国者总要鼓舞一番对于敌人的怨恨与愤怒。

　　这也是现在极普通的事情，此国将与彼国为敌的时候，总得先用了手段，煽起国民的敌忾心来，使他们一同去扞御或攻击。但有一个必要的条件，就是：国民是勇敢的。因为勇敢，这才能勇往直前，肉搏强敌，以报仇雪恨。假使是怯弱的人民，则即使如何鼓舞，也不会有面临强敌的决心；然而引起的愤火却在，仍不能不寻一个发泄的地方，这地方，就是眼见得比他们更弱的人民，无论是同胞或是异族。

　　我觉得中国人所蕴蓄的怨愤已经够多了，自然是受强者的蹂躏所致的。但她们却不很向强者反抗，而反在弱者身上发泄，兵和匪不相争，无枪的百姓却并受兵匪之苦，就是最近便的证据。再露骨地说，怕还可以证明这些人的卑怯。卑怯的人，即使有万丈的愤火，除弱草以外，又能烧掉什么呢？

　　或者要说，我们现在所要使人愤恨的是外敌，和国人不相干，无从受害。可是这转移是极容易的，虽曰国人，要借以泄愤的时候，只要给予一种特异的名称，即可放心刲〔zì，（用刀）刺〕刃。先前则有异端，妖人，奸党，逆徒等类名目，现在就可用国贼，汉奸，二毛子、洋狗或洋奴。庚子年的义和团捉住路人，可以任意指为教徒，据云这铁证是他的神通眼已在那人的额上看出一个“十”字。

　　然而我们在“毋友不如己者”的世上，除了激发自己的国民，使他们发些火花，聊以应景之外，又有什么良法呢。可是我根据上述的理由，更进一步而希望于点火的青年的，是对于群众，在引起他们的公愤之余，还须设法注入深沉的勇气，当鼓舞他们的感情的时候，还须竭力启发明白的理性；而且还得偏重于勇气和理性，从此继续地训练许多年。这声音，自然断乎不及大叫宣战杀贼的大而阔，但我以为却是更紧要而更艰难伟大的工作。

　　否则，历史指示过我们，遭殃的不是什么敌手而是自己的同胞和子孙。那结果，是反为敌人先驱，而敌人就做了这一国的所谓强者的胜利者，同时也就做了弱者的恩人。因为自己先已互相残杀过了，所蕴蓄的怨愤都已消除，天下也就成为太平的盛世。

总之，我以为国民倘没有智，没有勇，而单靠一种所谓"气"，实在是非常危险的。现在，应该更进而着手于较为坚实的工作了。

一九二五年六月十六日。

* 本篇最初发表于一九二五年六月十九日《莽原》周刊第九期。

随感录四十

终日在家里坐，至多也不过看见窗外四角形惨黄色的天，还有什么感？只有几封信，说道："久违芝宇，时切葭〔jiā，初生的芦苇〕思；"有几个客，说道："今天天气很好"：都是祖传老店的文字语言。写的说的，既然有口无心，看的听的，也便毫无所感了。

有一首诗，从一位不相识的少年寄来，却对于我有意义。——

爱　情

我是一个可怜的中国人。爱情！我不知道你是什么。

我有父母，教我育我，待我很好；我待他们，也还不差。我有兄弟姊妹，幼时共我玩耍，长来同我切磋，待我很好；我待他们，也还不差。但是没有人曾经"爱"过我，我也不曾"爱"过他。

我年十九，父母给我讨老婆。于今数年，我们两个，也还和睦。可是这婚姻，是全凭别人主张，别人撮合：把他们一日戏言，当我们百年的盟约。仿佛两个牲口听着主人的命令："咄〔duō，表示惊怪〕，你们好好地住在一块儿罢！"

爱情！可怜我不知道你是什么！

诗的好歹，意思的深浅，姑且勿论；但我说，这是血的蒸汽，醒过来的人的真声音。

爱情是什么东西？我也不知道。中国的男女大抵一对或一群——一男多女——的住着，不知道有谁知道。

但从前没有听到苦闷的叫声。即使苦闷，一叫便错；少的老的，一起摇头，一起痛骂。

然而无爱情结婚的恶结果，却连续不断的进行。形式上的夫妇，既然都全不相关，少的另去姘人宿娼，老的再来买妾：麻痹了良心，各有妙法。所以直到现在，不成问题。但也曾造出一个"妒"字，略表他们曾经苦心经营的痕迹。

可是东方发白，人类向各民族所要的是"人"，——自然也是"人之子"——我们所有的是单是人之子，是儿媳妇与儿媳之夫，不能献出于人类之前。

可是魔鬼手上，终有漏光的处所，掩不住光明：人之子醒了；他知道了人类间应有爱情；知道了从前一班少的老的所犯的罪恶；于是起了苦闷，张口发出这叫声。

但在女性一方面，本来也没有罪，现在是做了旧习惯的牺牲。我们既然自觉着人类的道德，良心上不肯犯他们少的老的的罪，又不能责备异性，也只好陪着做一世牺牲，完结了四千年的旧账。

做一世牺牲，是万分可怕的事；但血液究竟干净，声音究竟醒而且真。

我们能够大叫，是黄莺便黄莺般叫；是鸱鸮〔chī xiāo，一类包括猫头鹰在内的益鸟〕便鸱鸮般叫。我们不必学那才从私窝子里跨出脚，便说"中国道德第一"的人的声音。

我们还要叫出没有爱的悲哀，叫出无所可爱的悲哀。……我们要叫到旧账勾消的时候。

旧账如何勾消？我说："完全解放了我们的孩子！"

*本篇最初发表于一九一九年一月十五日《新青年》第六卷第一号，署名唐俟。

随感录四十九

凡有高等动物，倘没有遇着意外的变故，总是从幼到壮，从壮到老，从老到死。

我们从幼到壮，既然毫不为奇的过去了；自此以后，自然也该毫不为奇的过去。

可惜有一种人，从幼到壮，居然也毫不为奇的过去了；从壮到老，便有点古怪；从老到死，却更异想天开，要占尽了少年的道路，吸尽了少年的空气。

少年在这时候，只能先行萎黄，且待将来老了，神经血管一切变质以后，再来活动。所以社会上的状态，先是"少年老成"；直待弯腰曲背时期，才更加"逸兴遄〔chuán，往来频繁、快迅速〕飞"，似乎从此以后，才上了做人的路。

可是究竟也不能自忘其老；所以想求神仙。大约别的都可以老，只有自己不肯老的人物，总该推中国老先生算一甲一名①。

万一当真成了神仙，那便永远请他主持，不必再有后进，原也是极好的事。可惜他又究竟不成，终于个个死去，只留下造成的老天地，教少年驼着吃苦。

这真是生物界的怪现象！

我想种族的延长，——便是生命的连续，——的确是生物界事业里的一大部分。何以要延长呢？不消说是想进化了。但进化的途中总须新陈代谢。所以新的应该欢天喜地地向前走去，这便是壮，旧的也应该欢天喜地地向前走去，这便是死；各各如此走去，便是进化的路。

狂人日记

---

① 一甲一名：俗谓"状元"，旧时科举考试中进士科及第的第一名。

老的让开道，催促着，奖励着，让他们走去。路上有深渊，便用那个死填平了，让他们走去。

少的感谢他们填了深渊，给自己走去；老的也感谢他们从我填平的深渊上走去。——远了远了。

明白这事，便从幼到壮到老到死，都欢欢喜喜的过去；而且一步一步，多是超过祖先的新人。

这是生物界正当开阔的路！人类的祖先，都已这样做了。

＊本篇最初发表于一九一九年二月十五日《新青年》第六卷第二号，署名俟。

随感录六十六　生命的路

　　想到人类的灭亡是一件大寂寞大悲哀的事；然而若干人们的灭亡，却并非寂寞悲哀的事。

　　生命的路是进步的，总是沿着无限的精神三角形的斜面向上走，什么都阻止他不得。

　　自然赋予人们的不调和还很多，人们自己萎缩堕落退步的也还很多，然而生命决不因此回头。无论什么黑暗来防范思潮，什么悲惨来袭击社会，什么罪恶来亵渎人道，人类的渴仰完全的潜力，总是踏了这些铁蒺藜〔jí lí，一年生草本植物，有刺〕向前进。

　　生命不怕死，在死的面前笑着跳着，跨过了灭亡的人们向前进。

　　什么是路？就是从没路的地方践踏出来的，从只有荆棘的地方开辟出来的。

　　以前早有路了，以后也该永远有路。

　　人类总不会寂寞，因为生命是进步的，是乐天的。

　　昨天，我对我的朋友 L 说："一个人死了，在死者自身和他的眷属是悲惨的事，但在一村一镇的人看起来不算什么；就是一省一国一种……"

　　L 很不高兴，说："这是 Nature（自然）的话，不是人们的话。你应该小心些。"

　　我想，他的话也不错。

　　*本篇最初发表于一九一九年十一月一日《新青年》第六卷第六号，署名唐俟。

智识即罪恶

我本来是一个四平八稳，给小酒馆打杂，混一口安稳饭吃的人，不幸认得几个字，受了新文化运动的影响，想求起智识来了。

那时我在乡下，很为猪羊不平；心里想，虽然苦，倘也如牛马一样，可以有一件别的用，那就免得专以卖肉见长了。然而猪羊满脸呆气，终生糊涂，实在除了保持现状之外，没有别的法。所以，诚然，智识是要紧的！

于是我跑到北京，拜老师，求智识。地球是圆的。元质①有七十多种。X＋Y＝Z。闻所未闻，虽然难，却也以为是人所应该知道的事。

有一天，看见一种日报，却又将我的确信打破了。报上有一位虚无哲学家说：智识是罪恶②，赃物……虚无哲学，多大的权威呵，而说到智识是罪恶。我的智识虽然少，而确实是智识，这倒反而坑了我了。我于是请教老师去。

老师道："呸，你懒得用功，便胡说，走！"

我想："老师贪图束脩罢。智识倒也还不如没有的稳当，可惜粘在我脑里，立刻抛不去，我赶快忘了他罢。"

然而迟了。因为这一夜里，我已经死了。

半夜，我躺在公寓的床上，忽而走进两个东西来，一个"活无常"，一个"死有分"③。但我却并不诧异，因为他们正如城隍庙里塑着的一般。然而跟在后面的两个怪物，却使我吓

---

① 元质：元素。
② 智识是罪恶：朱谦之所宣扬的虚无哲学的一个观点。朱谦之，福建闽侯人，为北京大学哲学系学生。
③ "活无常"和"死有分"，都是迷信传说中地狱中的勾魂使者。

得失声，因为并非牛头马面①，而却是羊面猪头！我便悟到，牛马还太聪明，犯了罪，换上这猪公了，这可见智识是罪恶……我没有想完，猪头便用嘴将我一拱，我于是立刻跌入阴府里，用不着久等烧车马。

到过阴间的前辈先生多说，阴府的大门是有匾额和对联的，我留心看时，却没有，只见大堂上坐着一位阎罗王。稀奇，他便是我的隔壁的大富豪朱朗翁。大约钱是身外之物，带不到阴间的，所以一死便成为清白鬼了，只是不知道怎么又做了大官。他只穿一件极俭朴的爱国布的龙袍，但那龙颜却比活的时候胖得多了。

"你有智识么？"朗翁脸上毫无表情地问。

"没……"我是记得虚无哲学家的话的，所以这样答。

"说没有便是有——带去！"

我刚想：阴府里的道理真奇怪……却又被羊角一叉，跌出阎罗殿去了。

其时跌在一座城池里，其中都是青砖绿门的房屋，门顶上大抵是洋灰做的两个所谓狮子，门外面都挂一块招牌。倘在阳间，每一所机关外总挂五六块牌，这里却只一块，足见地皮的宽裕了。这瞬息间，我又被一位手执钢叉的猪头夜叉用鼻子拱进一间屋子里去，外面有牌额是：

"油豆滑跌小地狱"

进得里面，却是一望无边的平地，满铺了白豆拌着桐油。只见无数的人在这上面跌倒又起来，起来又跌倒。我也接连的摔了十二跤，头上长出许多疙瘩来。但也有竟在门口坐着躺着，不想爬起，虽然浸得油汪汪的，却毫无一个疙瘩的人，可惜我去问他，他们都瞪着眼不说话。我不知道他们是听不见呢还是不懂，不愿意说呢还是无话可谈。

我于是跌上前去，去问那些正在乱跌的人们。其中的一个道：

"这就是罚智识的，因为智识是罪恶，赃物……我们还算是轻的呢。你在阳间的时候，怎么不昏一点？……"他气喘

---

① 牛头马面：都是佛经传说地狱中的狱卒。

吁吁的断续地说：

"现在昏起来罢。"

"迟了。"

"我听得人说，西医有使人昏睡的药，去请他注射去，好么？"

"不成，我正因为知道医药，所以在这里跌，连针也没有了。"

"那么……有专给人打吗啡针的，听说多是没智识的人……我寻他们去。"

在这谈话时，我们本已滑跌了几百跤了。我一失望，便更不留神，忽然将头撞在白豆稀薄的地面上。地面很硬，跌势又重，我于是糊里糊涂的发了昏……

啊！自由！我忽而在平野上了，后面是那城，前面望得见公寓。我仍然糊里糊涂地走，一面想：我的妻和儿子，一定已经上京了，他们正围着我的死尸哭呢。我于是扑向我的躯壳去，便直坐起来，他们吓跑了，后来竭力说明，他们才了然，都高兴地大叫到：你还阳了，呵呀，我的老天爷哪……

我这样糊里糊涂的想时，忽然活过来了……

没有我的妻和儿子在身边，只有一个灯在桌上，我觉得自己睡在公寓里。间壁的一位学生已经从戏园回来，正哼着"先帝爷唉唉唉"① 哩，可见时候是不早了。

这还阳还得太冷静，简直不像还阳，我想，莫非先前也并没有死么？

倘若并没死，那么，朱朗翁也就并没有做阎罗王。

解决这问题，用智识究竟还怕是罪恶，我们还是用感情来决一决罢。

十月二十三日。

*本篇最初发表于一九二一年十月二十三日《晨报副刊》的"开心话"栏，署名风声。

---

① 传统京剧《空城计》中诸葛亮的唱词："先帝爷下南阳御驾三请"。先帝爷，指刘备。

牺 牲 谟

——"鬼画符"失敬失敬章第十三

"阿呀阿呀，失敬失敬！原来我们还是同志。我开初疑心你是一个乞丐，心里想：好好的一个汉子，又不衰老，又非残疾，为什么不去做工，读书的？所以就不免露出'责备贤者'的神色来，请你不要见气，我们的心实在太坦白了，什么也藏不住，哈哈！可是，同志，你也似乎太……

"哦哦！你什么都牺牲了？可敬可敬！我最佩服的就是什么都牺牲，为同胞，为国家。我向来一心要做的也就是这件事。你不要看得我外观阔绰，我为的是要到各处去宣传。社会还太势利，如果像你似的只剩一条破裤，谁肯来相信你呢？所以我只得打扮起来，宁可人们说闲话，我自己总是问心无愧。正如'禹入裸国亦裸而游'① 一样，要改良社会，不得不然，别人哪里会懂得我们的苦心孤诣。但是，朋友，你怎么竟奄奄一息到这地步了？

"哦哦！已经九天没有吃饭?! 这真是清高得很哪！我只好五体投地。看你虽然怕要支持不下去，但是——你在历史上一定成名，可贺之至哪！现在什么'欧化''美化'的邪说横行，人们的眼睛只看见物质，所缺的就是你老兄似的模范人物。你瞧，最高学府的教员们，也居然一面教书，一面要起钱来，他们只知道物质，中了物质的毒了。难得你老兄以身作则，给他们一个好榜样看，这于世道人心，一定大有裨益的。你想，现在不是还嚷着什么教育普及么？教育普及起来，要有

---

① "禹入裸国亦裸而游"：出自《吕氏春秋》。意略同于入乡随俗。这里也包含有随机应变的意味。

多少教员；如果都像他们似的定要吃饭，在这四郊多垒①时候，那里来这许多饭？像你这样清高，真是浊世中独一无二的中流砥柱：可敬可敬！你读过书没有？如果读过书，我正要创办一个大学，就请你当教务长去。其实你只要读过"四书"就好，加以这样品格，已经很够做'莘莘学子'的表率了。

"不行？没有力气？可惜可惜！足见一面为社会做牺牲，一面也该自己讲讲卫生。你于卫生可惜太不讲究了。你不要以为我的胖头胖脸是因为享用好，我其实是专靠卫生，尤其得益的是精神修养，'君子忧道不忧贫'呀！但是，我的同志，你什么都牺牲完了，究竟也大可佩服，可惜你还剩一条裤，将来在历史上也许要留下一点白璧微瑕……。

"哦哦，是的。我知道，你不说也明白：你自然连这裤子也不要，你何至于这样地不彻底；那自然，你不过还没有牺牲的机会罢了。敝人向来最赞成一切牺牲，也最乐于'成人之美'，况且我们是同志，我当然应该给你想一个完全办法，因为一个人最紧要的是'晚节'，一不小心，可就前功尽弃了！

"机会凑得真好：舍间一个小鸦头，正缺一条裤……朋友，你不要这么看我，我是最反对人身买卖的，这是最不人道的事。但是，那女人是在大旱灾时候留下的，那时我不要，她的父母就会把她卖到妓院里去。你想，这何等可怜。我留下她，正为的讲人道。况且那也不算什么人身买卖，不过我给了她父母几文，她的父母就把自己的女儿留在我家里就是了。我当初原想将她当作自己的女儿看，不，简直当作姊妹，同胞看；可恨我的贱内是旧式，说不通。你要知道旧式的女人顽固起来，真是无法可想的，我现在正在另外想点法子……

"但是，那娃儿已经多天没有裤子了，她是灾民的女儿。我料你一定肯帮助的。我们都是'贫民之友'呵。况且你做完了这一件事情之后，就是全始全终；我保你将来铜像巍巍，

其他散文汇编

---

① "四郊多垒"：垒，堡垒，作战时的防御工事。到处都是堡垒，喻指四面树敌。

高入云表，呵，一切贫民都鞠躬致敬……

"对了，我知道你一定肯，你不说我也明白。但你此刻且不要脱下来。我不能拿了走，我这副打扮，如果手上拿一条破裤子，别人见了就要诧异，于我们的牺牲主义的宣传会有妨碍的。现在的社会还太糊涂，——你想，教员还要吃饭，——那里能懂得我们这纯洁的精神呢，一定要误解的。一经误解，社会恐怕要更加自私自利起来，你的工作也就'非徒无益而又害之'了，朋友。

"你还能勉强走几步罢？不能？这可叫人有点为难了，——那么，你该还能爬？好极了！那么，你就爬过去。你趁你还能爬的时候赶紧爬去，万不要'功亏一篑'。但你须用趾尖爬，膝髁不要太用力；裤子擦着砂石，就要更破烂，不但可怜的灾民的女儿受不着实惠，并且连你的精神都白扔了。先行脱下了也不妥当，一则太不雅观，二则恐怕巡警要干涉，还是穿着爬的好。我的朋友，我们不是外人，肯给你上当的么？舍间离这里也并不远，你向东，转北，向南，看路北有两株大槐树的红漆门就是。你一爬到，就脱下来，对号房说：这是老爷叫我送来的，交给太太收下。你一见号房，应该赶快说，否则也许将你当作一个讨饭的，会打你。唉唉，近来讨饭的太多了，他们不去做工，不去读书，单知道要饭。所以我的号房就借痛打这方法，给他们一个教训，使他们知道做乞丐是要给人痛打的，还不如去做工读书好……

"你就去么？好好！但千万不要忘记：交代清楚了就爬开，不要停在我的屋界内。你已经九天没有吃东西了，万一出了什么事故，免不了要给我许多麻烦，我就要减少许多宝贵的光阴，不能为社会服务。我想，我们不是外人，你也决不愿意给自己的同志许多麻烦的，我这话也不过姑且说说。

"你就去罢！好，就去！本来我也可以叫一辆人力车送你去，但我知道用人代牛马来拉人，你一定不赞成的，这事多么不人道！我去了。你就动身罢。你不要这么萎靡不振，爬呀！朋友！我的同志，你快爬呀，向东呀！……"

    *本篇最初发表于一九二五年三月十六日《语丝》周刊第十八期。

记念刘和珍君

一

中华民国十五年三月二十五日，就是国立北京女子师范大学为十八日在段祺瑞执政府前遇害的刘和珍①杨德群②两君开追悼会的那一天，我独在礼堂外徘徊，遇见程君③，前来问我道："先生可曾为刘和珍写了一点什么没有？"我说"没有"。她就正告我："先生还是写一点罢；刘和珍生前就很爱看先生的文章。"

这是我知道的，凡我所编辑的期刊，大概是因为往往有始无终之故罢，销行一向就甚为寥落，然而在这样的生活艰难中，毅然预订了《莽原》全年的就有她。我也早觉得有写一点东西的必要了，这虽然于死者毫不相干，但在生者，却大抵只能如此而已。倘使我能够相信真有所谓"在天之灵"，那自然可以得到更大的安慰，——但是，现在，却只能如此而已。

可是我实在无话可说。我只觉得所住的并非人间。四十多个青年的血，洋溢在我的周围，使我艰于呼吸视听，那里还能有什么言语？长歌当哭，是必须在痛定之后的。而此后几个所谓学者文人的阴险的论调④，尤使我觉得悲哀。我已经出离愤

---

① 刘和珍：江西南昌人，北京女子师范大学学生。遇害时年仅二十二岁。

② 杨德群：湖南湘阴人，北京女子师范大学学生。遇害时年仅二十四岁。

③ 程君：即程毅志，湖北孝感人，北京女子师范大学学生。当日为追悼会工作人员。

④ 阴险的论调：指当时一些阿附政府的刊物、杂志（如《现代评论》等）诬称学生是受人唆使、自蹈死地等说法。

怒了。我将深味这非人间的浓黑的悲凉；以我的最大哀痛显示于非人间，使它们快意于我的苦痛，就将这作为后死者的菲薄的祭品，奉献于逝者的灵前。

二

真的猛士，敢于直面惨淡的人生，敢于正视淋漓的鲜血。这是怎样的哀痛者和幸福者？然而造化又常常为庸人设计，以时间的流逝，来洗涤旧迹，仅使留下淡红的血色和微漠的悲哀。在这淡红的血色和微漠的悲哀中，又给人暂得偷生，维持着这似人非人的世界。我不知道这样的世界何时是一个尽头！

我们还在这样的世上活着；我也早觉得有写一点东西的必要了。离三月十八日也已有两星期，忘却的救主快要降临了罢，我正有写一点东西的必要了。

三

在四十余被害的青年之中，刘和珍君是我的学生。学生云者，我向来这样想，这样说，现在却觉得有些踌躇了，我应该对她奉献我的悲哀与尊敬。她不是"苟活到现在的我"的学生，是为了中国而死的中国的青年。

她的姓名第一次为我所见，是在去年夏初杨荫榆女士做女子师范大学校长，开除校中六个学生自治会职员的时候。其中的一个就是她；但是我不认识。直到后来，也许已经是刘百昭率领男女武将，强拖出校之后了，才有人指着一个学生告诉我，说：这就是刘和珍。其时我才能将姓名和实体联合起来，心中却暗自诧异。我平素想，能够不为势利所屈，反抗一广有羽翼的校长的学生，无论如何，总该是有些桀骜锋利的，但她却常常微笑着，态度很温和。待到偏安于宗帽胡同①，赁屋授课之后，她才始来听我的讲义，于是见面的回数就较多了，也还是始终微笑着，态度很温和。待到学校恢复旧观，往日的教职员以为责任已尽，准备陆续引退的时候，我才见她虑及母校前途，黯然至于泣下。此后似乎就不相见。总之，在我的记忆上，那一次就是永别了。

四

我在十八日早晨，才知道上午有群众向执政府请愿的事；下午便得到噩耗，说卫队居然开枪，死伤至数百人，而刘和珍君即在遇害者之列。但我对于这些传说，竟至于颇为怀疑。我向来是不惮以最坏的恶意，来推测中国人的，然而我还不料，也不信竟会下劣凶残到这地步。况且始终微笑着的和蔼的刘和珍君，更何至于无端在府门前喋血呢？

然而即日证明是事实了，做证的便是她自己的尸骸。还有一具，是杨德群君的。而且又证明着这不但是杀害，简直是虐杀，因为身体上还有棍棒的伤痕。

但段政府就有令，说她们是"暴徒"！

但接着就有流言，说她们是受人利用的。

惨象，已使我目不忍视了；流言，尤使我耳不忍闻。我还有什么话可说呢？我懂得衰亡民族之所以默无声息的缘由了。沉默呵，沉默呵！不在沉默中爆发，就在沉默中灭亡。

五

但是，我还有要说的话。

我没有亲见；听说，她，刘和珍君，那时是欣然前往的。

———————

① 偏安于宗帽胡同：北京女子师范大学被教育总长章士钊下令解散后，一部分学生在宗帽胡同赁房继续学业，直至胜利复校。

自然，请愿而已，稍有人心者，谁也不会料到有这样的罗网。但竟在执政府前中弹了，从背部入，斜穿心肺，已是致命的创伤，只是没有便死。同去的张静淑①君想扶起她，中了四弹，其一是手枪，立仆；同去的杨德群君又想去扶起她，也被击，弹从左肩入，穿胸偏右出，也立仆。但她还能坐起来，一个兵在她头部及胸部猛击两棍，于是死掉了。

　　始终微笑的和蔼的刘和珍君确是死掉了，这是真的，有她自己的尸骸为证；沉勇而友爱的杨德群君也死掉了，有她自己的尸骸为证；只有一样沉勇而友爱的张静淑君还在医院里呻吟。当三个女子从容地转辗于文明人所发明的枪弹的攒射中的时候，这是怎样的一个惊心动魄的伟大呵！中国军人的屠戮妇婴的伟绩，八国联军的惩创学生的武功，不幸全被这几缕血痕抹杀了。

　　但是中外的杀人者却居然昂起头来，不知道各个脸上有着血污……

六

　　时间永是流逝，街市依旧太平，有限的几个生命，在中国是不算什么的，至多，不过供无恶意的闲人以饭后的谈资，或者给有恶意的闲人作"流言"的种子。至于此外的深的意义，我总觉得很寥寥，因为这实在不过是徒手的请愿。人类的血战前行的历史，正如煤的形成，当时用大量的木材，结果却只是一小块，但请愿是不在其中的，更何况是徒手。

　　然而既然有了血痕了，当然不觉要扩大。至少，也当浸渍了亲族，师友，爱人的心，纵使时光流驶，洗成绯红，也会在微漠的悲哀中永存微笑的和蔼的旧影。陶潜说过："亲戚或余悲，他人亦已歌，死去何所道，托体同山阿。"倘能如此，这也就够了。

────────────

①　张静淑：湖南长沙人，北京女子师范大学学生。受伤后幸得不死。

七

我已经说过：我向来是不惮以最坏的恶意来推测中国人的。但这回却很有几点出于我的意外。一是当局者竟会这样地凶残，一是流言家竟至如此之下劣，一是中国的女性临难竟能如是之从容。

我目睹中国女子的办事，是始于去年的，虽然是少数，但看那干练坚决，百折不回的气概，曾经屡次为之感叹。至于这一回在弹雨中互相救助，虽殒身不恤的事实，则更足为中国女子的勇毅，虽遭阴谋秘计，压抑至数千年，而终于没有消亡的明证了。倘要寻求这一次死伤者对于将来的意义，意义就在此罢。

苟活者在淡红的血色中，会依稀看见微茫的希望；真的猛士，将更奋然而前行。

呜呼，我说不出话，但以此记念刘和珍君！

四月一日。

*本篇最初发表于一九二六年四月十二日《语丝》周刊第七十四期。

小 杂 感

蜜蜂的刺，一用即丧失了它自己的生命；犬儒①的刺，一用则苟延了他自己的生命。

他们就是如此不同。

约翰·穆勒②说：专制使人们变成冷嘲。

而他竟不知道共和使人们变成沉默。

要上战场，莫如做军医；要革命，莫如走后方；要杀人，莫如做刽子手。既英雄，又稳当。

与名流学者谈，对于他之所讲，当装作偶有不懂之处。太不懂被看轻，太懂了被厌恶。偶有不懂之处，彼此最为合宜。

世间大抵只知道指挥刀所以指挥武士，而不想到也可以指挥文人。

又是演讲录，又是演讲录。

但可惜都没有讲明他何以和先前大两样了；也没有讲明他演讲时，自己是否真相信自己的话。

阔的聪明人种种譬如昨日死。

---

① 犬儒：原指古希腊犬儒学派的哲学家。他们主张独善其身，认为人应该绝对自由，故蔑视伦理道德而以冷嘲热讽态度应世。因其生活简陋，常被人讥为穷犬，故名。

② 约翰·穆勒（J. S. Mill, 1806—1873）：英国哲学家、经济学家。

不阔的傻子种种实在昨日死。

曾经阔气的要复古，正在阔气的要保持现状，未曾阔气的要革新。

大抵如是。大抵！

他们之所谓复古，是回到他们所记得的若干年前，并非虞夏商周。

女人的天性中有母性，有女儿性；无妻性。

妻性是逼成的，只是母性和女儿性的混合。

防被欺。

自称盗贼的无须防，得其反倒是好人；自称正人君子的必须防，得其反则是盗贼。

楼下一个男人病得要死，那间壁的一家唱着留声机；对面是弄孩子。楼上有两人狂笑；还有打牌声。河中的船上有女人哭着她死去的母亲。

人类的悲欢并不相通，我只觉得他们吵闹。

每一个破衣服人走过，叭儿狗就叫起来，其实并非都是狗主人的意旨或使嗾。

叭儿狗往往比它的主人更严厉。

恐怕有一天总要不准穿破布衫，否则便是共产党。

革命，反革命，不革命。

革命的被杀于反革命的。反革命的被杀于革命的。不革命的或当作革命的而被杀于反革命的，或当作反革命的而被杀于革命的，或并不当作什么而被杀于革命的或反革命的。

革命，革革命，革革革命，革革……

人感到寂寞时，会创作；一感到干净时，即无创作，他已经一无所爱。

创作总根于爱。

杨朱无书。

创作虽说抒写自己的心，但总愿意有人看。

创作是有社会性的。

但有时只要有一个人看便满足：好友，爱人。

人往往憎和尚，憎尼姑，憎回教徒，憎耶教徒，而不憎道士。

懂得此理者，懂得中国大半。

要自杀的人，也会怕大海的汪洋，怕夏天死尸的易烂。

但遇到澄静的清池，凉爽的秋夜，他往往也自杀了。

凡为当局所"诛"者皆有"罪"。

刘邦除秦苛暴，"与父老约，法三章耳。"①

而后来仍有族诛，仍禁挟书，还是秦法。

法三章者，话一句耳。

一见短袖子，立刻想到白臂膊，立刻想到全裸体，立刻想到生殖器，立刻想到性交，立刻想到杂交，立刻想到私生子。

中国人的想象唯在这一层能够如此跃进。

九月二十四日。

＊本篇最初发表于一九二七年十二月十七日《语丝》周刊第四卷第一期。

---

① "与父老约，法三章耳"：出自《史记·高祖本纪》，"法三章"内容为："杀人者死，伤人及盗抵罪。"

再 谈 香 港

我经过我所视为"畏途"的香港，算起来九月二十八日是第三回。

第一回带着一点行李，但并没有遇见什么事。第二回是单身往来，那情状，已经写过一点了。这回却比前两次仿佛先就感到不安，因为曾在《创造月刊》上王独清①先生的通信中，见过英国雇用的中国同胞上船"查关"的威武：非骂则打，或者要几块钱。而我是有十只书箱在统舱里，六只书箱和衣箱在房舱里的。

看看挂英旗的同胞的手腕，自然也可说是一种经历，但我又想，这代价未免太大了，这些行李翻动之后，单是重行整理捆扎，就须大半天；要实验，最好只有一两件。然而已经如此，也就随他如此罢。只是给钱呢，还是听他逐件查验呢？倘查验，我一个人一时怎么收拾呢？

船是二十八日到香港的，当日无事。第二天午后，茶房匆匆跑来了，在房外用手招我道：

"查关！开箱子去！"

我拿了钥匙，走进统舱，果然看见两位穿深绿色制服的英属同胞，手执铁签，在箱堆旁站着。我告诉他这里面是旧书，他似乎不懂，嘴里只有三个字：

"打开来！"

"这是对的，"我想，"他怎能相信漠不相识的我的话呢。"自然打开来，于是靠了两个茶房的帮助，打开来了。

他一动手，我立刻觉得香港和广州的查关的不同。我出广

其他散文汇编

---

① 王独清（1898—1940）：陕西西安人，创造社成员。

州，也曾受过检查。但那边的检查员，脸上是有血色的，也懂得我的话。每一包纸或一部书，抽出来看后，便放在原地方，所以毫不凌乱。的确是检查。而在这"英人的乐园"的香港可大两样了。检查员的脸是青色的，也似乎不懂我的话。他只将箱子的内容倒出，翻搅一通，倘是一个纸包，便将包纸撕破，于是一箱书籍，经他搅松之后，便高出箱面有六七寸了。

"打开来！"

其次是第二箱。我想，试一试罢。

"可以不看么？"我低声说。

"给我十块钱。"他也低声说。他懂得我的话的。

"两块。"我原也肯多给几块的，因为这检查法委实可怕，十箱书收拾妥帖，至少要五点钟。可惜我一元的钞票只有两张了，此外是十元的整票，我一时还不肯献出去。

"打开来！"

两个茶房将第二箱抬到舱面上，他如法泡制，一箱书又变了一箱半，还撕碎了几个厚纸包。一面"查关"，一面磋商，我添到五元，他减到七元，即不肯再减。其时已经开到第五箱，四面围满了一群看热闹的旁观者。

箱子已经开了一半了，索性由他看去罢，我想着，便停止了商议，只是"打开来"。但我的两位同胞也仿佛有些厌倦了似的，渐渐不像先前一般翻箱倒箧，每箱只抽二三十本书，抛在箱面上，便画了查讫〔qì，完结，截止〕的记号了。其中有一束旧信札，似乎颇惹起他们的兴味，振了一振精神，但看过四五封之后，也就放下了。此后大抵又开了一箱罢，他们便离开了乱书堆：这就是终结。

我仔细一看，已经打开的是八箱，两箱丝毫未动。而这两个硕果，却全是伏园的书箱，由我替他带回上海来的。至于我自己的东西，是全部乱七八糟。

"吉人自有天相，伏园真福将也！而我的华盖运却还没有走完，噫〔yī，文言叹词，表示悲痛，叹息〕，吁唏！……"我想着，蹲下去随手去拾乱书。拾不几本，茶房又在舱口大声叫我了：

"你的房里查关，开箱子去！"

我将收拾书箱的事托了统舱的茶房，跑回房舱去。果然，两位英属同胞早在那里等我了。床上的铺盖已经掀得稀乱，一个凳子躺在被铺上。我一进门，他们便搜我身上的皮夹。我以为意在看看名刺，可以知道姓名。然而并不看名刺，只将里面的两张十元钞票一看，便交还我了。还嘱咐我好好拿着，仿佛很怕我遗失似的。

其次是开提包，里面都是衣服，只抖开了十来件，乱堆在床铺上。其次是看提篮，有一个包着七元大洋的纸包，打开来数了一回，默然无话。还有一包十元的在底里，却不被发现，漏网了。其次是看长椅子上的手巾包，内有角子一包十元，散的四五元，铜子数十枚，看完之后，也默然无话。其次是开衣箱。这回可有些可怕了。我取锁匙略迟，同胞已经捏着铁签作将要毁坏铰链之势，幸而钥匙已到，始庆安全。里面也是衣服，自然还是照例的抖乱，不在话下。

"你给我们十块钱，我们不搜查你了。"一个同胞一面搜衣箱，一面说。

我就抓起手巾包裹的散角子来，要交给他。但他不接受，回过头去再"查关"。

话分两头。当这一位同胞在查提包和衣箱时，那一位同胞是在查网篮。但那检查法，和在统舱里查书箱的时候又两样了。那时还不过捣乱，这回却变了毁坏。他先将鱼肝油的纸匣撕碎，掷在地板上，还用铁签在蒋径三①君送我的装着含有荔枝香味的茶叶的瓶上钻了一个洞。一面钻，一面四顾，在桌上见了一把小刀。这是在北京时用十几个铜子从白塔寺买来，带到广州，这回削过杨桃的。事后一量，连柄长华尺五寸三分。然而据说是犯了罪了。

"这是凶器，你犯罪的。"他拿起小刀来，指着向我说。

---

① 蒋径三（1899—1936）：浙江临海人，时任中山大学图书馆馆员、历史语言研究所助教。

其他散文汇编

我不答话，他便放下小刀，将盐煮花生的纸包用指头挖了一个洞。接着又拿起一盒蚊烟香。

"这是什么？"

"蚊烟香。盒子上不写着么？"我说。

"不是。这有些古怪。"

他于是抽出一枝来，嗅着。后来不知如何，因为这一位同胞已经搜完衣箱，我须去开第二只了。这时却使我非常为难，那第二只里并不是衣服或书籍，是极其零碎的东西：照片，钞本，自己的译稿，别人的文稿，剪存的报章，研究的资料……我想，倘一毁坏或搅乱，那损失可太大了。而同胞这时忽又去看了一回手巾包。我于是大悟，决心拿起手巾包里十元整封的角子，给他看了一看。他回头向门外一望，然后伸手接过去，在第二只箱上画了一个查讫的记号，走向那一位同胞去。大约打了一个暗号罢，——然而奇怪，他并不将钱带走，却塞在我的枕头下，自己出去了。

这时那一位同胞正在用他的铁签，恶狠狠地刺入一个装着饼类的坛子的封口去。我以为他一听到暗号，就要中止了。而孰知不然。他仍然继续工作，挖开封口，将盖着的一片木板摔在地板上，碎为两片，然后取出一个饼，捏了一捏，掷入坛中，这才也扬长而去了。

天下太平。我坐在烟尘陡乱，乱七八糟的小房里，悟出我的两位同胞开手的捣乱，倒并不是恶意。即使议价，也须在小小乱七八糟之后，这是所以"掩人耳目"的，犹言如此凌乱，可见已经检查过。王独清先生不云乎？同胞之外，是还有一位高鼻子，白皮肤的主人翁的。当收款之际，先看门外者大约就为此。但我一直没有看见这一位主人翁。

后来的毁坏，却很有一点恶意了。然而也许倒要怪我自己不肯拿出钞票去，只给银角子。银角子放在制服的口袋里，沉甸甸地，确是易为主人翁所发见的，所以只得暂且放在枕头下。我想，他大概须待公事办毕，这才再来收账罢。

皮鞋声橐〔tuó，口袋〕橐地自远而近，停在我的房外了，我看时，是一个白人，颇胖，大概便是两位同胞的主人翁了。

"查过了？"他笑嘻嘻地问我。

的确是的，主人翁的口吻。但是，一目了然，何必问呢？或者因为看见我的行李特别乱七八糟，在慰安我，或在嘲弄我罢。

他从房外拾起一张《大陆报》附送的图画，本来包着什物，由同胞撕下来抛出去的，倚在壁上看了一回，就又慢慢地走过去了。

我想，主人翁已经走过，"查关"该已收场了，于是先将第一只衣箱整理，捆好。

不料还是不行。一个同胞又来了，叫我"打开来"，他要查。接着是这样的问答——

"他已经看过了。"我说。

"没有看过。没有打开过。打开来！"

"我刚刚捆好的。"

"我不信。打开来！"

"这里不画着查过的符号么？"

"那么，你给了钱了罢？你用贿赂……"

"…………"

"你给了多少钱？"

"你去问你的一伙去。"

他去了。不久，那一个又忙忙走来，从枕头下取了钱，此后便不再看见，——真正天下太平。

我才又慢慢地收拾那行李。只见桌子上聚集着几件东西，是我的一把剪刀，一个开罐头的家伙，还有一把木柄的小刀。大约倘没有那十元小洋，便还要指这为"凶器"，加上"古怪"的香，来恐吓我的罢。但那一支香却不在桌子上。

船一走动，全船反显得更闲静了，茶房和我闲谈，却将这翻箱倒箧的事，归咎于我自己。

"你生得太瘦了，他疑心你是贩鸦片的。"他说。

我实在有些愕然。真是人寿有限，"世故"无穷。我一向以为和人们抢饭碗要碰钉子，不要饭碗是无妨的。去年在厦门，才知道吃饭固难，不吃亦殊为"学者"所不悦，得了不守本分的批评。胡须的形状，有国粹和欧式之别，不易处置，我是早经明白的。今年到广州，才又知道虽颜色也难以自由，有人在日报上警告我，叫我的胡子不要变灰色，又不要变红色。至于为人不可太瘦，则到香港才省悟，先前是梦里也未曾想到的。

的确，监督着同胞"查关"的一个西洋人，实在吃得很肥胖。

香港虽只一岛，却活画着中国许多地方现在和将来的小照：中央几位洋主子，手下是若干颂德的"高等华人"和一伙作伥〔chāng，古代传说中被老虎咬死的人变成鬼又助虎伤人〕的奴气同胞。此外即全是默默吃苦的"土人"，能耐的死在洋场上，耐不住的逃入深山中，苗瑶是我们的前辈。

九月二十九之夜。海上。

＊本篇最初发表于一九二七年十一月十九日《语丝》周刊第一五五期。

怎 么 写

——夜记之一

写什么是一个问题，怎么写又是一个问题。

今年不大写东西，而写给《莽原》的尤其少。我自己明白这原因。说起来是极可笑的，就因为它纸张好。有时有一点杂感，仔细一看，觉得没有什么大意思，不要去填黑了那么洁白的纸张，便废然而止了。好的又没有。我的头里是如此地荒芜，浅陋，空虚。

可谈的问题自然多得很，自宇宙以至社会国家，高超的还有文明，文艺。古来许多人谈过了，将来要谈的人也将无穷无尽。但我都不会谈。记得还是去年躲在厦门岛上的时候，因为太讨人厌了，终于得到"敬鬼神而远之"式的待遇，被供在图书馆楼上的一间屋子里。白天还有馆员，订书匠，阅书的学生，夜九时后，一切星散，一所很大的洋楼里，除我以外，没有别人。我沉静下去了。寂静浓到如酒，令人微醺。望后窗外骨立的乱山中许多白点，是丛冢〔zhǒng，坟墓〕；一粒深黄色火，是南普陀寺的琉璃灯。前面则海天微茫，黑絮一般的夜色似乎要扑到心坎里。我靠了石栏远眺，听得自己的心音，四远还仿佛有无量悲哀，苦恼，零落，死灭，都杂入这寂静中，使它变成药酒，加色，加味，加香。这时，我曾经想要写，但是不能写，无从写。这也就是我所谓"当我沉默着的时候，我觉得充实，我将开口，同时感到空虚。"

莫非这就是一点"世界苦恼"么？我有时想。然而大约又不是的，这不过是淡淡的哀愁，中间还带些愉快。我想接近它，但我愈想，它却愈渺茫了，几乎就要发现仅只我独自倚着石栏，此外一无所有。必须待到我忘了努力，才又感到淡淡的哀愁。

那结果却大抵不很高明。腿上钢针似的一刺，我便不假思索地用手掌向痛处直拍下去，同时只知道蚊子在咬我。什么哀愁，什么夜色，都飞到九霄云外去了，连靠过的石栏也不再放在心里。而且这还是现在的话，那时呢，回想起来，是连不将石栏放在心里的事也没有想到的。仍是不假思索地走进房里去，坐在一把唯一的半躺椅——躺不直的藤椅子——上，抚摩着蚊喙〔huì，嘴〕的伤，直到它由痛转痒，渐渐肿成一个小疙瘩。我也就从抚摩转成搔，掐，直到它由痒转痛，比较地能够打熬。

此后的结果就更不高明了，往往是坐在电灯下吃柚子。

虽然不过是蚊子的一叮，总是本身上的事来得切实。能不写自然更快活，倘非写不可，我想，也只能写一些这类小事情，而还万不能写得正如那一天所身受的显明深切。而况千叮万叮，而况一刀一枪，那是写不出来的。

尼采爱看血写的书。但我想，血写的文章，怕未必有罢。文章总是墨写的，血写的倒不过是血迹，它比文章自然更惊心动魄，更直接分明，然而容易变色，容易消磨。这一点，就要任凭文学逞能，恰如冢中的白骨，往古来今，总要以它的永久来傲视少女颊上的轻红似的。

能不写自然更快活，倘非写不可，我想，就是随便写写罢，横竖也只能如此。这些都应该和时光一同消逝，假使会比血迹永远鲜活，也只足证明文人是侥幸者，是乖角儿。但真的血写的书，当然不在此例。

当我这样想的时候，便觉得"写什么"倒也不成什么问题了。

"怎样写"的问题，我是一向未曾想到的。初知道世界上有着这么一个问题，还不过两星期之前。那时偶然上街，偶然走进丁卜书店去，偶然看见一叠《这样做》，便买取了一本。这是一种期刊，封面上画着一个骑马的少年兵士。我一向有一种偏见，凡书面上画着这样的兵士和手捏铁锄的农工的刊物，是不大去涉略〔shè lüè，涉猎，浏览〕的，因为我总疑心它是宣传品。发抒自己的意见，结果弄成带些宣传气味了的伊孛〔bèi，文中指挪威剧作家伊孛生（易卜生）〕生等辈的作品，我看了倒并不发烦。但对于先有了"宣传"两个大字的题目，然后发出议论来的文艺作品，却总有些格格不入，那不能直吞下去的模样，就和雒诵〔luò sòng，反复诵读。雒，通"络"〕教训文学的时候相同。但这《这样做》却又有些特别，因为我还记得日报上曾经说过，是和我有关系的。也是凡事切己，则格外关心的一例罢，我便再不怕书面上的骑马的英雄，将它买来了。回来后一检查剪存的旧报，还在的，日子是三月七日，可惜没有注明报纸的名目，但不是《民国日报》，便是《国民新闻》，因为我那时所看的只有这两种。下面抄一点报上的话：

> "自鲁迅先生南来后，一扫广州文学之寂寞，先后创办者有《做什么》，《这样做》两刊物。闻《这样做》为革命文学社定期出版物之一，内容注重革命文艺及本党主义之宣传。……"

开首的两句话有些含混，说我都与闻其事也可以，说因我"南来"了而别人创办的也通。但我是全不知情。当初将日报剪存，大概是想调查一下的，后来却又忘却，搁下了。现在还记得《做什么》出版后，曾经送给我五本。我觉得这团体是共产青年主持的，因为其中有"坚如"，"三石"等署名，该是毕磊①，通信处也是他。他还曾将十来本《少年先锋》送给我，而这刊物里面则分明是共产青年所作的东西。果然，毕磊君大约确是共产党，于四月十八日从中山大学被捕。据我的推测，他一定早已不在这世上了，这看去很是瘦小精干的湖南的青年。

《这样做》却在两星期以前才见面，已经出到七八期合册

---

① 毕磊（1902—1927）：笔名坚如、三石，湖南澧县人。曾任中共广东区委学生运动委员会副书记，当时为中山大学英文系学生，在广州"四一五"反革命事件中被捕牺牲。

了。第六期没有，或者说被禁止，或者说未刊，莫衷一是，我便买了一本七八合册和第五期。看日报的记事便知道，这该是和《做什么》反对，或对立的。我拿回来，倒看上去，通讯栏里就这样说："在一般 CP① 气焰盛张之时，……而你们一觉悟起来，马上退出 CP，不只是光退出便了事，尤其值得 CP 气死的，就是破天荒的接二连三的退出共产党登报声明。……"那么，确是如此了。

这里又即刻出了一个问题。为什么这么大相反对的两种刊物，都因我"南来"而"先后创办"呢？这在我自己，是容易解答的：因为我新来而且灰色。但要讲起来，怕又有些话长，现在姑且保留，待有相当的机会时再说罢。

这回且说我看《这样做》。看过通讯，懒得倒翻上去了，于是看目录。忽而看见一个题目到：《郁达夫先生休矣》，便又起了好奇心，立刻看文章。这还是切己的琐事总比世界的哀愁关心的老例，达夫先生是我所认识的，怎么要他"休矣"了呢？急于要知道。假使说的是张龙赵虎，或是我素昧平生的伟人，老实说罢，我决不会如此留心。

原来是达夫先生在《洪水》上有一篇《在方向转换的途中》，说这一次的革命是阶级斗争的理论的实现，而记者则以为是民族革命的理论的实现。大约还有英雄主义不适宜于今日等类的话罢，所以便被认为"中伤"和"挑拨离间"，非"休矣"不可了。

我在电灯下回想，达夫先生我见过好几面，谈过好几回，只觉他稳健和平，不至于得罪于人，更何况得罪于国。怎么一下子就这么流于"偏激"了？我倒要看看《洪水》。

这期刊，听说在广西是被禁止的了，广东倒还有。我得到的是第三卷第二十九至三十二期。照例的坏脾气，从三十二期倒看上去，不久便翻到第一篇《日记文学》，也是达夫先生做的，于是便不再去寻《在方向转换的途中》，变成看谈文学

----

① CP：英语 Communist Party 的缩写，即共产党。

了。我这种模模糊糊的看法，自己也明知道是不对的，但"怎么写"的问题，却就出在那里面。

作者的意思，大略是说凡文学家的作品，多少总带点自叙传的色彩的，若以第三人称来写出，则时常有误成第一人称的地方。而且叙述这第三人称的主人公的心理状态过于详细时，读者会疑心这别人的心思，作者何以会晓得得这样精细？于是那一种幻灭之感，就使文学的真实性消失了。所以散文作品中最便当的体裁，是日记体，其次是书简体。

这诚然也值得讨论的。但我想，体裁似乎不关重要。上文的第一缺点，是读者的粗心。但只要知道作品大抵是作者借别人以叙自己，或以自己推测别人的东西，便不至于感到幻灭，即使有时不合事实，然而还是真实。其真实，正与用第三人称时或误用第一人称时毫无不同。倘有读者只执滞〔zhí zhì，固执，拘泥〕于体裁，只求没有破绽，那就以看新闻记事为宜，对于文艺，活该幻灭。而其幻灭也不足惜，因为这不是真的幻灭，正如查不出大观园的遗迹，而不满于"红楼梦"者相同。倘作者如此牺牲了抒写的自由，即使极小部分，也无异于削足适履的。

第二种缺陷，在中国也已经是颇古的问题，纪晓岚攻击蒲留仙的《聊斋志异》，就在这一点。两人密语，决不肯泄，又不为第三人所闻，作者何从知之？所以他的《阅微草堂笔记》，竭力只写事状，而避去心思和密语。但有时又落了自设的陷阱，于是只得以《春秋左氏传》的"浑良夫梦中之噪"来解嘲。他的支绌〔zhī chù，见"左支右绌"（相比之下显得不足）。支：支付，调度。绌：不足。〕的原因，是在要使读者信一切所写为事实，靠事实来取得真实性，所以一与事实相左，那真实性也随即灭亡。如果他先意识到这一切是创作，即是他个人的造作，便自然没有一切挂碍了。

一般的幻灭的悲哀，我以为不在假，而在以假为真。记得年幼时，很喜欢看变戏法，猢狲骑羊，石子变白鸽，最末是将一个孩子刺死，盖上被单，一个江北口音的人向观众装出撒钱模样到：Huazaa①！Huazaa！大概是谁都知道，孩子并没有死，喷出来的是装在刀柄里的苏木汁②，Huazaa 一够，他便会跳起来的。但还是出神地看着，明明意识着这是戏法，而全心沉浸在这戏法中。万一变戏法的定要做得真实，买了小棺材，装进孩子去，哭着抬走，倒反索然无味了。这时候，连戏法的真实也消失了。

我宁看《红楼梦》，却不愿看新出的《林黛玉日记》③，它一页能够使我不舒服小半天。《板桥家书》我也不喜欢看，不如读他的《道情》。我所不喜欢的是他题了家书两个字。那么，为什么刻了出来给许多人看的呢？不免有些装腔。幻灭之来，多不在假中见真，而在真中见假。日记体，书简体，写起来也许便当得多罢，但也极容易起幻灭之感；而一起则大抵很厉害，因为它起先模样装得真。

《越缦〔màn，没有花纹的丝织品〕堂日记》④ 近来已极风行了，我看了却总觉得他每次要留给我一点很不舒服的东西。为什么呢？一是抄上谕。大概是受了何焯〔chāo，人名（何焯）〕⑤ 的故事的影响的，他提防有一天要蒙"御览"。二是许多墨涂。写了尚且涂去，该有许多不写的罢？三是早给人家看，抄，自以为一部著作了。我觉得从中看不见李慈铭的心，却时时看到一些做作，仿佛受了欺骗。翻翻一部小说，虽是很荒唐，浅陋，不合理，倒从来不起这样的感觉的。

听说后来胡适之先生也在做日记，并且给人传观了。照文学进化的理论讲起来，一定该好得多。我希望他提前陆续的

---

① Huazaa：象声词，译似"哗嚓"，此处指撒钱的声音。

② 苏木汁：苏木，常绿小乔木，心材称"苏方"。"苏方"制成的红色溶液，可作染料。

③ 《林黛玉日记》：以《红楼梦》中人物林黛玉口吻的日记体小说，喻血轮作，内容庸俗拙劣，一九一八年上海广文书局出版。

④ 《越缦堂日记》：清代李慈铭（1830—1894）著，一九二〇年商务印书馆曾经影印出版。

⑤ 何焯（1661—1722）：字屺瞻，江苏长洲（今属苏州）人，清代校勘家。

印出。

但我想，散文的体裁，其实是大可以随便的，有破绽也不妨。做作的写信和日记，恐怕也还不免有破绽，而一有破绽，便破灭到不可收拾了。与其防破绽，不如忘破绽。

＊本篇最初发表于一九二七年十月十日北京《莽原》半月刊第十八、第十九期合刊。

在 钟 楼 上

——夜记之二

也还是我在厦门的时候，柏生①从广州来，告诉我说，爱而②君也在那里了。大概是来寻求新的生命的罢，曾经写了一封长信给K委员③，说明自己的过去和将来的志望。

"你知道有一个叫爱而的么？他写了一封长信给我，我没有看完。其实，这种文学家的样子，写长信，就是反革命的！"有一天，K委员对柏生说。

又有一天，柏生又告诉了爱而，爱而跳起来道：

"怎么？……怎么说我是反革命的呢?!"

厦门还正是和暖的深秋，野石榴开在山中，黄的花——不知道叫什么名字——开在楼下。我在用花刚石墙包围着的楼屋里听到这小小的故事，K委员的眉头打结的正经的脸，爱而的活泼中带着沉闷的年轻的脸，便一齐在眼前出现，又仿佛见当K委员的眉头打结的面前，爱而跳了起来，——我不禁从窗隙间望着远天失笑了。

但同时也记起了苏俄曾经有名的诗人，《十二个》的作者勃洛克④的话来：

"共产党不妨碍作诗，但于觉得自己是大作家的事却有妨碍。大作家者，是感觉自己一切创作的核心，在自己里面保持

① 柏生：孙伏园（1894—1966）。

② 爱而：李遇安，《语丝》《莽原》的投稿者。一九二六年为广州中山大学职员。

③ K委员：顾孟余，国民党政客。时任中山大学委员会副主任委员。

④ 勃洛克（1880—1921）：苏联诗人。《十二个》是他一九一八年创作的反映十月革命的长诗。

着规律的。"

共产党和诗，革命和长信，真有这样地不相容么？我想。

以上是那时的我想。这时我又想，在这里有插入几句声明的必要：

我不过说是变革和文艺之不相容，并非在暗示那时的广州政府是共产政府或委员是共产党。这些事我一点不知道。只有若干已经"正法"的人们，至今不听见有人鸣冤或冤鬼诉苦，想来一定是真的共产党罢。至于有一些，则一时虽然从一方面得了这样的谥号〔shì hào，古时帝王、诸侯、文臣武将死后，朝廷根据其生前事迹给予的称号〕，但后来两方相见，把酒言欢，就明白先前都是误解，其实是本来可以合作的。

必要已毕，于是放心回到本题。却说爱而君不久也给了我一封信，通知我已经有了工作了。信不甚长，大约还有被冤为"反革命"的余痛罢。但又发出牢骚来：一、给他坐在饭锅旁边，无聊得很；二、有一回正在按风琴，一个漠不相识的女郎来送给他一包点心，就弄得他神经过敏，以为北方女子太死板而南方女子太活泼，不禁"感慨系之矣"了。

关于第一点，我在秋蚊围攻中所写的回信中置之不答。夫面前无饭锅而觉得无聊，觉得苦痛，人之常情也，现在已见饭锅，还要无聊，则明明是发了革命热。老实说，远地方在革命，不相识的人们在革命，我是的确有点高兴听的，然而——没有法子，索性老实说罢，——如果我的身边革起命来，或者我所熟识的人去革命，我就没有这么高兴听。有人说我应该拚〔pīn，同拼〕命去革命，我自然不敢不以为然，但如叫我静静地坐下，调给我一杯罐头牛奶喝，我往往更感激。但是，倘说，你就死心塌地地从饭锅里装饭吃罢，那是不像样的；然而叫他离开饭锅去拼命，却又说不出口，因为爱而是我极熟的熟人。于是只好袭用仙传的古法，装聋作哑，置之不问不闻之列。只对于第二点加以猛烈的教诫，大致是说他"死板"和"活泼"既然都不赞成，即等于主张女性应该不死不活，那是万分不对的。

约略一个月之后，我抱着和爱而一类的梦，到了广州，在饭锅旁边坐下时，他早已不在那里了，也许竟并没有接到我的信。

我住的是中山大学中最中央而最高的处所，通称"大钟楼"。一月之后，听得一个戴瓜皮小帽的秘书说，才知道这是最优待的住所，非"主任"之流是不准住的。但后来我一搬出，又听说就给一位办事员住进去了，莫名其妙。不过当我住在那里的时候，总还是非主任之流即不准住的地方，所以直到知道办事员搬进去了的那一天为止，我总是常常又感激，又惭愧。

然而这优待室却并非容易居住的所在，至少的缺点，是不很能够睡觉的。一到夜间，便有十多只——也许二十来只罢，我不能知道确数——老鼠出现，驰骋文坛，什么都不管。只要可吃的，它就吃，并且能开盒子盖，广州中山大学里非主任之流即不准住的楼上的老鼠，仿佛也特别聪明似的，我在别地方未曾遇到过。到清晨呢，就有"工友"们大声唱歌，——我所不懂的歌。

白天来访的本省的青年，却大抵怀着非常的好意的。有几个热心于改革的，还希望我对于广州的缺点加以激烈的攻击。这热诚很使我感动，但我终于说是还未熟悉本地的情形，而且已经革命，觉得无甚可以攻击之处，轻轻地推却了。那当然要使他们很失望的，过了几天，尸一①君就在《新时代》上说：

> "……我们中几个很不以他这句话为然，我们以为我们还有许多可骂的地方，我们正想骂骂自己，难道鲁迅先生竟看不出我们的缺点么？……"

其实呢，我的话一半是真的。我何尝不想了解广州，批评广州呢，无奈慨自被供在大钟楼上以来，工友以我为教授，学生以我为先生，广州人以我为"外江佬"，孤孑〔jié，单独，孤

---

① 尸一：梁式，广东台山人，时任广州《国民新闻》副刊《新时代》编辑，抗日战争时期堕落为汉奸。

单〕特立，无从考查。而最大的阻碍则是言语。直到我离开广州的时候止，我所知道的言语，除一二三四……等数目外，只有一句凡有"外江佬"几乎无不因为特别而记住的 Hanbaran（统统）和一句凡有学习异地言语者几乎无不最容易学得而记住的骂人话 Tiu－na－ma 而已。

这两句有时也有用。那是我已经搬在白云路寓屋里的时候了，有一天，巡警捉住了一个窃取电灯的偷儿，那管屋的陈公便跟着一面骂，一面打。骂了一大套，而我从中只听懂了这两句。然而似乎已经全懂得，心里想："他所说的，大约是因为屋外的电灯几乎 Hanbaran 被他偷去，所以要 Tiu－na－ma 了。"于是就仿佛解决了一件大问题似的，即刻安心归坐，自去再编我的《唐宋传奇集》。

但究竟不知道是否真如此。私自推测是无妨的，倘若据以论广州，却未免太鲁莽罢。

但虽只这两句，我却发现了吾师太炎先生的错处了。记得先生在日本给我们讲文字学时，曾说《山海经》上"其州在尾上"的"州"是女性生殖器。这古语至今还留存在广东，读若 Tiu。故 Tiuhei 二字，当写作"州戏"，名词在前，动词在后的。我不记得他后来可曾将此说记在《新方言》里，但由今观之，则"州"乃动词，非名词也。

至于我说无甚可以攻击之处的话，那可的确是虚言。其实是，那时我于广州无爱憎，因而也就无欣戚〔xīn qī，喜乐和忧戚〕，无褒贬。我抱着梦幻而来，一遇实际，便被从梦境放逐了，不过剩下些索漠。我觉得广州究竟是中国的一部分，虽然奇异的花果，特别的语言，可以淆〔xiáo，混乱，错杂〕乱游子的耳目，但实际是和我所走过的别处都差不多的。倘说中国是一幅画出的不类人间的图，则各省的图样实无不同，差异的只在所用的颜色。黄河以北的几省，是黄色和灰色画的，江、浙是淡墨和淡绿，厦门是淡红和灰色，广州是深绿和深红。我那时觉得似乎其实未曾游行，所以也没有特别的骂詈〔lì，骂，责骂〕之辞，要专一倾注在素馨和香蕉上。——但这也许是后来的回

其他散文汇编

忆的感觉，那时其实是还没有如此分明的。

到后来，却有些改变了，往往斗胆说几句坏话。然而有什么用呢？在一处演讲时，我说广州的人民并无力量，所以这里可以做"革命的策源地"，也可以做反革命的策源地……当译成广东话时，我觉得这几句话似乎被删掉了。给一处做文章时，我说青天白日旗插远去，信徒一定加多。但有如大乘佛教一般，待到居士也算佛子的时候，往往戒律荡然，不知道是佛教的弘通，还是佛教的败坏？……然而终于没有印出，不知所往了……

广东的花果，在"外江佬"的眼里，自然依然是奇特的。我所最爱吃的是"杨桃"，滑而脆，酸而甜，做成罐头的，完全失却了本味。汕头的一种较大，却是"三廉"①，不中吃了。我常常宣传杨桃的功德，吃的人大抵赞同，这是我这一年中最卓著的成绩。

在钟楼上的第二月，即戴了"教务主任"的纸冠的时候，是忙碌的时期。学校大事，盖无过于补考与开课也，与别的一切学校同。于是点头开会，排时间表，发通知书，秘藏题目，分配卷子，……于是又开会，讨论，计分，发榜。工友规矩，下午五点以后是不做工的，于是一个事务员请门房帮忙，连夜贴一丈多长的榜。但到第二天的早晨，就被撕掉了，于是又写榜。于是辩论：分数多寡的辩论；及格与否的辩论；教员有无私心的辩论；优待革命青年，优待的程度，我说已优，他说未优的辩论；补救落第，我说权不在我，他说在我，我说无法，他说有法的辩论；试题的难易，我说不难，他说太难的辩论；还有因为有族人在台湾，自己也可以算作台湾人，取得优待"被压迫民族"的特权与否的辩论；还有人本无名，所以无所谓冒名顶替的玄学底辩论……这样一天一天的过去，而每夜是十多只——或二十只——老鼠的驰骋，早上是三位工友的响亮的歌声。

---

① "三廉"：形似杨桃而略大的水果。

现在想起那时的辩论来，人是多么和有限的生命开着玩笑呵。然而那时却并无怨尤，只有一事觉得颇为变得特别：对于收到的长信渐渐有些仇视了。

这种长信，本是常常收到的，一向并不为奇。但这时竟渐嫌其长，如果看完一张，还未说出本意，便觉得烦厌。有时见熟人在旁，就托付他，请他看后告诉我信中的主旨。

"不错。'写长信，就是反革命的！'"我一面想。

我当时是否也如 K 委员似的眉头打结呢，未曾照镜，不得而知。仅记得即刻也自觉到我的开会和辩论的生涯，似乎难以称为"在革命"，为自便计，将前判加以修正了：

"不。'反革命'太重，应该说是'不革命'的。然而还太重。其实是，——写长信，不过是吃得太闲空罢了。"

有人说，文化之兴，须有余裕，据我在钟楼上的经验，大致是真的罢。闲人所造的文化，自然只适宜于闲人，近来有些人磨拳擦掌，大鸣不平，正是毫不足怪，——其实，便是这钟楼，也何尝不造得蹊跷〔qī qiāo，可疑，奇怪〕。但是，四万万男女同胞，侨胞，异胞之中，有的是"饱食终日，无所用心"，有的是"群居终日，言不及义"。怎不造出相当的文艺来呢？只说文艺，范围小，容易些。那结论只好是这样：有余裕，未必能创作；而要创作是必须有余裕的。故"花呀月呀"，不出于啼饥号寒者之口，而"一手奠定中国的文坛"①，亦为苦工猪崽所不敢望也。

我以为这一说于我倒是很好的，我已经自觉到自己久已不动笔，但这事却应该归罪于匆忙。

大约就在这时候，《新时代》上又发表了一篇《鲁迅先生往那里躲》，宋云彬②先生做的。文中有这样的对于我的警告：

"他到了中大，不但不曾恢复他'呐喊'的勇气，并且似乎在说'在北方时受着种种迫压，种种刺激，到

---

① "一手奠定中国的文坛"：此为新月书店吹嘘徐志摩的话。
② 宋云彬（1897—1979）：作家，浙江海宁人。时任《黄埔日报》编辑。

这里来没有压迫和刺激，也就无话可说了'。噫嘻！异哉！鲁迅先生竟跑出了现社会，躲向牛角尖里去了。旧社会死去的苦痛，新社会生出的苦痛，多多少少放在他眼前，他竟熟视无睹！他把人生的镜子藏起来了，他把自己回复到过去时代去了，噫嘻！异哉！鲁迅先生躲避了。"

而编辑者还很客气，用按语声明着这是对于我的好意的希望和怂恿，并非恶意的笑骂的文章。这是我很明白的，记得看见时颇为感动。因此也曾想如上文所说的那样，写一点东西，声明我虽不呐喊，却正在辩论和开会，有时一天只吃一顿饭，有时只吃一条鱼，也还未失掉了勇气。《在钟楼上》就是预定的题目。然而一则还是因为辩论和开会，二则因为篇首引有拉狄克①的两句话，另外又引起了我许多杂乱的感想，很想说出，终于反而搁下了。那两句话是：——

"在一个最大的社会改变的时代，文学家不能做旁观者！"

但拉狄克的话，是为了叶遂宁②和梭波里③的自杀而发的。他那一篇《无家可归的艺术家》译载在一种期刊上时，曾经使我发生过暂时的思索。我因此知道凡有革命以前的幻想或理想的革命诗人，很可有碰死在自己所讴歌希望的现实上的运命；而现实的革命倘不粉碎了这类诗人的幻想或理想，则这革命也还是布告上的空谈。但叶遂宁和梭波里是未可厚非的，他们先后给自己唱了挽歌，他们有真实。他们以自己的沉没，证明着革命的前行。他们到底并不是旁观者。

但我初到广州的时候，有时确也感到一点小康。前几年在北方，常常看见迫压党人，看见捕杀青年，到那里可都看不见了。后来才悟到这不过是"奉旨革命"的现象，然而在梦中时是委实有些舒服的。假使我早做了《在钟楼上》，文字也许

① 拉狄克（1885—1939）：苏联政论家。早年曾参加无产阶级革命运动，一九三七年以"阴谋颠覆苏联"罪受审。

② 叶遂宁（1895—1925）：今译叶赛宁，苏联诗人。

③ 梭波里（1888—1926）：苏联作家，因不满于当时现实而自杀。

不如此。无奈已经到了现在，又经过目睹"打倒反革命"的事实，纯然的那时的心情，实在无从追蹑〔niè，踩、踏，追蹑：追踪〕了。现在就只好是这样罢。

＊本篇最初发表于一九二七年十二月十七日上海《语丝》第四卷第一期。

其他散文汇编

我和《语丝》的始终

同我关系较为长久的，要算《语丝》了。

大约这也是原因之一罢，"正人君子"们的刊物，曾封我为"语丝派主将"，连急进的青年所做的文章，至今还说我是《语丝》的"指导者"。去年，非骂鲁迅便不足以自救其没落的时候，我曾蒙匿名氏寄给我两本中途的《山雨》①，打开一看，其中有一篇短文，大意是说我和孙伏园君在北京因被晨报馆所压迫，创办《语丝》，现在自己一做编辑，便在投稿后面乱加按语，曲解原意，压迫别的作者了，孙伏园君却有绝好的议论，所以此后鲁迅应该听命于伏园。这听说是张孟闻②先生的大文，虽然署名是另外两个字。看来好像一群人，其实不过一两个，这种事现在是常有的。

自然，"主将"和"指导者"，并不是坏称呼，被晨报馆所压迫，也不能算是耻辱，老人该受青年的教训，更是进步的好现象，还有什么话可说呢。但是，"不虞之誉"③，也和"不虞之毁"一样地无聊，如果生平未曾带过一兵半卒，而有人拱手颂扬道："你真像拿破仑呀！"则虽是志在做军阀的未来的英雄，也不会怎样舒服的。我并非"主将"的事，前年早已声辩了——虽然似乎很少效力——这回想要写一点下来的，是我从来没有受过晨报馆的压迫，也并不是和孙伏园先生两个人创办了《语丝》。这的创办，倒要归功于伏园一位的。

狂人日记

---

① 《山雨》：半月刊，一九二八年八月创刊于上海，同年十二月停刊。本文所指"一篇短文"当指发表于该刊十月份、署名西屏的《联想三则》。

② 张孟闻（1903—1993）：笔名西屏，浙江鄞县人（现为宁波市鄞州区），《山雨》编者之一。曾与作者就《偶像与奴才》一文有过通信。

③ "不虞之誉"：虞，预料之意。意为料想不到的荣誉。

那时伏园是《晨报副刊》的编辑，我是由他个人来约，投些稿件的人。

然而我并没有什么稿件，于是就有人传说，我是特约撰述，无论投稿多少，每月总有酬金三四十元的。据我所闻，则晨报馆确有这一种太上作者，但我并非其中之一，不过因为先前的师生——恕我僭妄，暂用这两个字——关系罢，似乎也颇受优待：一是稿子一去，刊登得快；二是每千字二元至三元的稿费，每月底大抵可以取到；三是短短的杂评，有时也送些稿费来。但这样的好景象并不久长，伏园的椅子颇有不稳之势。因为有一位留学生①（不幸我忘掉了他的名姓）新从欧洲回来，和晨报馆有深关系，甚不满意于副刊，决计加以改革，并且为战斗计，已经得了"学者"② 的指示，在开手看 Anatole France③ 的小说了。

那时的法兰斯，威尔士④，萧⑤，在中国是大有威力，足以吓倒文学青年的名字，正如今年的辛克莱儿一般，所以以那时而论，形势实在是已经非常严重。不过我现在无从确说，从那位留学生开手读法兰斯的小说起到伏园气愤愤地跑到我的寓里来为止的时候，其间相距是几月还是几天。

"我辞职了。可恶！"

这是有一夜，伏园来访，见面后的第一句话。那原是意料中事，不足异的。第二步，我当然要问问辞职的原因，而不料竟和我有了关系。他说，那位留学生乘他外出时，到排字房去将我的稿子抽掉，因此争执起来，弄到非辞职不可了。但我并

---

① 一位留学生：当指刘勉己，一九二四年后曾任《晨报》代理总编辑。

② "学者"：指陈西滢。

③ Anatole France：和下文之"法兰斯"指同一人，今译法朗士（1844—1924），法国作家。代表作有长篇小说《波纳尔之罪》《企鹅岛》等。一九二一年获诺贝尔文学家。

④ 威尔士（H. G. Wells, 1866—1946）：一译威尔斯，英国作家。代表作为长篇小说《未来事物的面貌》《世界史纲》等。

⑤ 萧：即萧伯纳。

75

其他散文汇编

不气愤，因为那稿子不过是三段打油诗，题作《我的失恋》，是看见当时"阿呀阿唷，我要死了"之类的失恋诗盛行，故意做一首用"由她去罢"收场的东西，开开玩笑的。这诗后来又添了一段，登在《语丝》上，再后来就收在《野草》中。而且所用的又是另一个新鲜的假名，在不肯登载第一次看见姓名的作者的稿子的刊物上，也当然很容易被有权者所放逐的。

但我很抱歉伏园为了我的稿子而辞职，心上似乎压了一块沉重的石头。几天之后，他提议要自办刊物了，我自然答应愿意竭力"呐喊"。至于投稿者，倒全是他独力邀来的，记得是十六人，不过后来也并非都有投稿。于是印了广告，到各处张贴，分散，大约又一星期，一张小小的周刊便在北京——尤其是大学附近——出现了。这便是《语丝》。

那名目的来源，听说，是有几个人，任意取一本书，将书任意翻开，用指头点下去，那被点到的字，便是名称。那时我不在场，不知道所用的是什么书，是一次便得了《语丝》的名，还是点了好几次，而曾将不像名称的废去。但要之，即此已可知这刊物本无所谓一定的目标，统一的战线；那十六个投稿者，意见态度也各不相同，例如顾颉刚教授，投的便是"考古"稿子，不如说，和《语丝》的喜欢涉及现在社会者，倒是相反的。不过有些人们，大约开初是只在敷衍和伏园的交情的罢，所以投了两三回稿，便取"敬而远之"的态度，自然离开。连伏园自己，据我的记忆，自始至今，也只做过三回文字，末一回是宣言从此要大为《语丝》撰述，然而宣言之后，却连一个字也不见了。于是《语丝》的固定的投稿者，至多便只剩了五六人，但同时也在不意中显了一种特色，是：任意而谈，无所顾忌，要催促新的产生，对于有害于新的旧物，则竭力加以排击，——但应该产生怎样的"新"，却并无明白的表示，而一到觉得有些危急之际，也还是故意隐约其词。陈源教授痛斥"语丝派"的时候，说我们不敢直骂军阀，而偏和握笔的名人为难，便由于这一点①。但是，叱巴儿狗险于叱狗主人，我们其实也知道的，所以隐约其词者，不过要使走狗嗅得，跑去献功时，必须详加说明，比较地费些力气，不能直接痛快，就得好处而已。

当开办之际，努力确也可惊，那时做事的，伏园之外，我记得还有小峰②和川岛，都是乳毛还未褪尽的青年，自跑印刷局，自去校对，自叠报纸，还自己拿到大众聚集之处去兜售，这真是青年对于老人，学生对于先生的教训，令人觉得自己只用一点思索，写几句文章，未免过于安逸，还须竭力学好了。

但自己卖报的成绩，听说并不佳，一纸风行的，还是在几个学校，尤其是北京大学，尤其是第一院（文科）。理科次之。在法科，则不大有人顾问。倘若说，北京大学的法，政，经济科出身诸君中，绝少有《语丝》的影响，恐怕是不会很错的。至于对于《晨报》的影响，我不知道，但似乎也颇受些打击，曾经和伏园来说和，伏园得意之余，忘其所以，曾以胜利者的笑容，笑着对我说道：

"真好，他们竟不料踏在炸药上了！"

这话对别人说是不算什么的。但对我说，却好像浇了一碗冷水，因为我即刻觉得这"炸药"是指我而言，用思索，做文章，都不过使自己为别人的一个小纠葛而粉身碎骨，心里就一面想：

"真糟，我竟不料被埋在地下了！"

我于是乎"彷徨"起来。

---

① 陈源疑为高一涵（涵庐）之误记。一九二六年初，作者和陈源笔战时，涵庐亦曾著文《闲话》，立场在陈源一边。

② 小峰：李小峰（1897—1971），江苏江阴人。毕业于北京大学哲学系，曾参加新潮社和语丝社，亦是上海北新书局负责人之一。和作者保持了较长时间合作关系。

谭正璧①先生有一句用我的小说的名目，来批评我的作品的经过的极伶俐而省事的话道："鲁迅始于'呐喊'而终于'彷徨'"（大意），我以为移来叙述我和《语丝》由始以至此时的历史，倒是很确切的。

　　但我的"彷徨"并不用许多时，因为那时还有一点读过尼采的 *Zarathustra*② 的余波，从我这里只要能挤出——虽然不过是挤出——文章来，就挤了去罢，从我这里只要能做出一点"炸药"来，就拿去做了罢，于是也就决定，还是照旧投稿了——虽然对于意外的被利用，心里也耿耿了好几天。

　　《语丝》的销路可只是增加起来，原定是撰稿者同时负担印费的，我付了十元之后，就不见再来收取了，因为收支已足相抵，后来并且有了盈余。于是小峰就被尊为"老板"，但这推尊并非美意，其时伏园已另就《京报副刊》编辑之职，川岛还是捣乱小孩，所以几个撰稿者便只好瓣〔gé，两手合抱〕住了多眼眼而少开口的小峰，加以荣名，勒令拿出盈余来，每月请一回客。这"将欲取之，必先与之"的方法果然奏效，从此市场中的茶居或饭铺的或一房门外，有时便会看见挂着一块上写"语丝社"的木牌。倘一驻足，也许就可以听到疑古玄同③先生的又快又响的谈吐。但我那时是在避开宴会的，所以毫不知道内部的情形。

　　我和《语丝》的渊源和关系，就不过如此，虽然投稿时多时少。但这样地一直继续到我走出了北京。到那时候，我还不知道实际上是谁的编辑。

　　到得厦门，我投稿就很少了。一者因为相离已远，不受催

---

　　① 谭正璧（1901—1991）：江苏嘉定（今属上海）人。文学史家。曾在一九二九年九月发表的《中国文学进化史》中称："鲁迅……这派作者，起初大都因耐不住沉寂而起来'呐喊'，后来屡遭失望，所收获的只是异样的空虚，于是只有'彷徨'于十字街头了。"

　　② *Zarathustra*：尼采的《查拉图斯特拉如是说》。《查拉图斯特拉如是说》一书借古代波斯圣者查拉图斯特拉之口，宣扬超人学说。

　　③ 疑古玄同：钱玄同。

促，责任便觉得轻；二者因为人地生疏，学校里所遇到的又大抵是些念佛老妪式口角，不值得费纸墨。倘能做《鲁宾孙教书记》或《蚊虫叮卵脬论》，那也许倒很有趣的，而我又没有这样的"天才"，所以只寄了一点极琐碎的文字。这年底到了广州，投稿也很少。第一原因是和在厦门相同的；第二，先是忙于事务，又看不清那里的情形，后来颇有感慨了，然而我不想在它的敌人的治下去发表。

不愿意在有权者的刀下，颂扬他的威权，并奚落其敌人来取媚，可以说，也是"语丝派"一种几乎共同的态度。所以《语丝》在北京虽然逃过了段祺瑞及其巴儿狗们的撕裂，但终究被"张大元帅"① 所禁止了，发行的北新书局，且同时遭了封禁，其时是一九二六年。

这一年，小峰有一回到我的上海的寓居，提议《语丝》就要在上海印行，且嘱我担任编辑。以关系而论，我是不应该推托的。于是担任了。从这时起，我才探问向来的编法。那很简单，就是：凡社员的稿件，编辑者并无取舍之权，来则必用，只有外来的投稿，由编辑者略加选择，必要时且或略有所删除。所以我应做的，不过后一段事，而且社员的稿子，实际上也十之九直寄北新书局，由那里逐送印刷局的，等到我看见时，已在印钉成书之后了。所谓"社员"，也并无明确的界限，最初的撰稿者，所余早已无多，中途出现的人，则在中途忽来忽去。因为《语丝》是又有爱登碰壁人物的牢骚的习气的，所以最初出阵，尚无用武之地的人，或本在另一团体，而发生意见，借此反攻的人，也每和《语丝》暂时发生关系，待到功成名遂，当然也就淡漠起来。至于因环境改变，意见分歧而去的，那自然尤为不少。因此所谓"社员"者，便不能有明确的界限。前年的方法，是只要投稿几次，无不刊载，此后便放心发稿，和旧社员一律待遇了。但经旧的社员绍介，直接交到北新书局，刊出之前，为编辑者的眼睛所不能见者，也

---

① "张大元帅"：张作霖（1875—1928），奉系军阀首领。

间或有之。

　　经我担任了编辑之后，《语丝》的时运就很不济了，受了一回政府的警告，遭了浙江当局的禁止，还招了创造社式"革命文学"家的拼命的围攻。警告的来由，我莫名其妙，有人说是因为一篇戏剧①；禁止的缘故也莫名其妙，有人说是因为登载了揭发复旦大学内幕的文字，而那时浙江的党务指导委员老爷②却有复旦大学出身的人们。至于创造社派的攻击，那是属于历史底的了，他们在把守"艺术之宫"，还未"革命"的时候，就已经将"语丝派"中的几个人看作眼中钉的，叙事夹在这里太冗长了，且待下一回再说罢。

　　但《语丝》本身，却确实也在消沉下去。一是对于社会现象的批评几乎绝无，连这一类的投稿也少有，二是所余的几个较久的撰稿者，过时又少了几个了。前者的原因，我以为是在无话可说，或有话而不敢言，警告和禁止，就是一个实证。后者，我恐怕是其咎在我的。举一点例罢，自从我万不得已，选登了一篇极平和的纠正刘半农③先生的"林则徐被俘"之误的来信以后，他就不再有片纸只字；江绍原④先生绍介了一篇油印的《冯玉祥先生……》来，我不给编入之后，绍原先生也就从此没有投稿。并且这篇油印文章不久便在也是伏园所办的《贡献》⑤上登出，上有郑重的小序，说明着我托词不载的事由单。

　　还有一种显著的变迁是广告的杂乱。看广告的种类，大概

---

　　① 一篇戏剧：指白薇创作的独幕剧《革命神的受难》，该剧中有影射蒋介石语，故《语丝》遭到当局警告。

　　② 浙江的党务指导委员老爷：指许绍棣（1898—1980）。

　　③ 刘半农（1891—1934）：作家。名复，江苏江阴人。时为北京大学教授，《语丝》主要撰稿人之一。他在《语丝》上发表的《杂览之十六·林则徐照会英吉利国王公文》一文，有林则徐为英国人俘虏并"明正了典刑"之误说，被读者指出。

　　④ 江绍原（1898—1983）：现代作家，安徽旌德人。时任北京大学讲师。曾为《语丝》撰稿。

　　⑤ 《贡献》：一九二七年十二月由国民党改组派创办于上海的文学旬刊。

是就可以推见这刊物的性质的。例如"正人君子"们所办的《现代评论》上，就会有金城银行的长期广告，南洋华侨学生所办的《秋野》①上，就能见"虎标良药"的招牌。虽是打着"革命文学"旗子的小报，只要有那上面的广告大半是花柳药和饮食店，便知道作者和读者，仍然和先前的专讲妓女戏子的小报的人们同流，现在不过用男作家，女作家来替代了倡优，或捧或骂，算是在文坛上做工夫。《语丝》初办的时候，对于广告的选择是极严的，虽是新书，倘社员以为不是好书，也不给登载。因为是同人杂志，所以撰稿者也可行使这样的职权。听说北新书局之办《北新半月刊》，就因为在《语丝》上不能自由登载广告的缘故。但自从移在上海出版以后，书籍不必说，连医生的诊例也出现了，袜厂的广告也出现了，甚至于立愈遗精药品的广告也出现了。固然，谁也不能保证《语丝》的读者决不遗精，况且遗精也并非恶行，但善后办法，却须向《申报》之类，要稳当，则向《医药学报》的广告上去留心的。我因此得了几封诘责的信件，又就在《语丝》本身上登了一篇投来的反对的文章②。

但以前我也曾尽了我的本分。当袜厂出现时，曾经当面质问过小峰，回答是"发广告的人弄错的"；遗精药出现时，是写了一封信，并无答复，但从此以后，广告却也不见了。我想，在小峰，大约还要算是让步的，因为这时对于一部分的作家，早由北新书局致送稿费，不只负发行之责，而《语丝》也因此并非纯粹的同人杂志了。

积了半年的经验之后，我就决计向小峰提议，将《语丝》停刊，没有得到赞成，我便辞去编辑的责任。小峰要我寻一个替代的人，我于是推举了柔石。

---

① 《秋野》：秋野社所编辑月刊，主要成员为上海暨南大学华侨学生。一九二七年十一月创刊，一九二八年十月停刊。

② 指一九二九年四月登于《语丝》第五卷第四期的《建议撤销广告》一文。

但不知为什么，柔石编辑了六个月，第五卷的上半卷一完，也辞职了。

　　以上是我所遇见的关于《语丝》四年中的琐事。试将前几期和近几期一比较，便知道其间的变化，有怎样的不同，最分明的是几乎不提时事，且多登中篇作品了，这是因为容易充满页数而又可免于遭殃。虽然因为毁坏旧物和戳破新盒子而露出里面所藏的旧物来的一种突击之力，至今尚为旧的和自以为新的人们所憎恶，但这力是属于往昔的了。

十二月二十二日。

　　＊本篇最初发表于一九三〇年二月一日《萌芽月刊》第一卷第二期，发表时还有副题《“我所遇见的六个文学团体”之五》。

为了忘却的纪念

一

我早已想写一点文字，来记念几个青年的作家。这并非为了别的，只因为两年以来，悲愤总时时来袭击我的心，至今没有停止，我很想借此算是竦〔sǒng，伸长脖子、提起脚跟站着；恭敬〕身一摇，将悲哀摆脱，给自己轻松一下，照直说，就是我倒要将他们忘却了。

两年前的此时，即一九三一年的二月七日夜或八日晨，是我们的五个青年作家①同时遇害的时候。当时上海的报章都不敢载这件事，或者也许是不愿，或不屑载这件事，只在《文艺新闻》②上有一点隐约其辞的文章。那第十一期（五月二十五日）里，有一篇林莽③先生作的《白莽印象记》，中间说：

"他做了好些诗，又译过匈牙利诗人彼得斐的几首诗，当时的《奔流》的编辑者鲁迅接到了他的投稿，便来信要和他会面，但他却是不愿见名人的人，结果是鲁迅自己跑来找他，竭力鼓励他作文学的工作，但他终于不能坐在亭子间里写，又去跑他的路了。不久，他又一次的被了捕。……"

---

① 五个青年作家：指一九三一年二月七日深夜在上海龙华国民党警备司令部被秘密杀害的"左联"五烈士：柔石、殷夫、李伟森、冯铿、胡也频。

② 《文艺新闻》：袁殊主编的周刊。该刊在一九三一年三月三十日的第三号上发表《在地狱或人世的作家？》一文，以读者致编者信的形式，首次透露了"左联"五烈士被捕遇害的情况。

③ 林莽：楼适夷，现代作家、翻译家。浙江余姚人。当时为"左联"成员。

这里所说的我们的事情其实是不确的。白莽并没有这么高慢，他曾经到过我的寓所来，但也不是因为我要求和他会面；我也没有这么高慢，对于一位素不相识的投稿者，会轻率的写信去叫他。我们相见的原因很平常，那时他所投的是从德文译出的《彼得斐传》，我就发信去讨原文，原文是载在诗集前面的，邮寄不便，他就亲自送来了。看去是一个二十多岁的青年，面貌很端正，颜色是黑黑的，当时的谈话我已经忘却，只记得他自说姓徐，象山人；我问他为什么代你收信的女士是这么一个怪名字（怎么怪法，现在也忘却了），他说她就喜欢起得这么怪，罗曼谛克，自己也有些和她不大对劲了。就只剩了这一点。

　　夜里，我将译文和原文粗粗的对了一遍，知道除几处误译之外，还有一个故意的曲译。他像是不喜欢"国民诗人"这个字的，都改成"民众诗人"了。第二天又接到他一封来信，说很悔和我相见，他的话多，我的话少，又冷，好像受了一种威压似的。我便写一封回信去解释，说初次相会，说话不多，也是人之常情，并且告诉他不应该由自己的爱憎，将原文改变。因为他的原书留在我这里了，就将我所藏的两本集子送给他，问他可能再译几首诗，以供读者的参看。他果然译了几首，自己拿来了，我们就谈得比第一回多一些。这传和诗，后来就都登在《奔流》第二卷第五本，即最末的一本里。

　　我们第三次相见，我记得是在一个热天。有人打门了，我去开门时，来的就是白莽，却穿着一件厚棉袍，汗流满面，彼此都不禁失笑。这时他才告诉我他是一个革命者，刚由被捕而释出，衣服和书籍全被没收了，连我送他的那两本；身上的袍子是从朋友那里借来的，没有夹衫，而必须穿长衣，所以只好这么出汗。我想，这大约就是林莽先生说的"又一次的被了捕"的那一次了。

　　我很欣幸他的得释，就赶紧付给稿费，使他可以买一件夹衫，但一面又很为我的那两本书痛惜：落在捕房的手里，真是明珠投暗了。那两本书，原是极平常的，一本散文，一本诗集，据德文译者说，这是他搜集起来的，虽在匈牙利本国，也还没有这么完全的本子，然而印在《莱克朗氏万有文库》①（*Reclam's Universal - Bibliothek*）中，倘在德国，就随处可得，也值不到一元钱。不过在我是一种宝贝，因为这是三十年前，正当我热爱彼得斐的时候，特地托丸善书店②从德国去买来的，那时还恐怕因为书极便宜，店员不肯经手，开口时非常惴〔zhuì，又发愁又害怕的样子〕惴。后来大抵带在身边，只是情随事迁，已没有翻译的意思了，这回便决计送给这也如我的那时一样，热爱彼得斐的诗的青年，算是给它寻得了一个好着落。所以还郑重其事，托柔石亲自送去。谁料竟会落在"三道头"③之类的手里的呢，这岂不冤枉！

二

我的决不邀投稿者相见，其实也并不完全因为谦虚，其中含着省事的分子也不少。由于历来的经验，我知道青年们，尤其是文学青年们，十之九是感觉很敏，自尊心也很旺盛的，一不小心，极容易得到误解，所以倒是故意回避的时候多。见面尚且怕，更不必说敢有托付了。但那时我在上海，也有一个唯一的不但敢于随便谈笑，而且还敢于托他办点私事的人，那就是送书去给白莽的柔石。

我和柔石最初的相见，不知道是何时，在哪里。他仿佛说过，曾在北京听过我的讲义，那么，当在八九年之前了。我也忘记了在上海怎么来往起来，总之，他那时住在景云里，离我的寓所不过四五家门面，不知怎么一来，就来往起来了。大约最初的一回他就告诉我是姓赵，名平复。但他又曾谈起他家乡的豪绅的气焰之盛，说是有一个绅士，以为他的名字好，要给

① 《莱克朗氏万有文库》：一八六七年德国出版的文学丛书。
② 丸善书店：当时日本东京一家专门出售西文书籍的书店。
③ "三道头"：当时上海公共租界的巡官，以制服袖上有三道倒"人"字形标志而得名。

儿子用，叫他不要用这名字了。所以我疑心他的原名是"平福"，平稳而有福，才正中乡绅的意，对于"复"字却未必有这么热心。他的家乡，是台州的宁海，这只要一看他那台州式的硬气就知道，而且颇有点迂，有时会令我忽而想到方孝孺，觉得好像也有些这模样的。

他躲在寓里弄文学，也创作，也翻译，我们往来了许多日，说得投合起来了，于是另外约定了几个同意的青年，设立朝华社。目的是在绍介东欧和北欧的文学，输入外国的版画，因为我们都以为应该来扶植一点刚健质朴的文艺。接着就印《朝花旬刊》，印《近代世界短篇小说集》，印《艺苑朝华》，算都在循着这条线，只有其中的一本《蕗谷虹儿画选》，是为了扫荡上海滩上的"艺术家"，即戳穿叶灵凤这纸老虎而印的。

然而柔石自己没有钱，他借了二百多块钱来做印本。除买纸之外，大部分的稿子和杂务都是归他做，如跑印刷局，制图，校字之类。可是往往不如意，说起来皱着眉头。看他旧作品，都很有悲观的气息，但实际上并不然，他相信人们是好的。我有时谈到人会怎样的骗人，怎样的卖友，怎样的吮血，他就前额亮晶晶的，惊疑地圆睁了近视的眼睛，抗议道："会这样的么？——不至于此罢？……"

不过朝花社不久就倒闭了，我也不想说清其中的原因，总之是柔石的理想的头，先碰了一个大钉子，力气固然白化，此外还得去借一百块钱来付纸账。后来他对于我那"人心惟危"① 说的怀疑减少了，有时也叹息道："真会这样的么？……"但是，他仍然相信人们是好的。

他于是一面将自己所应得的朝花社的残书送到明日书店和光华书局去，希望还能够收回几文钱，一面就拼命的译书，准备还借款，这就是卖给商务印书馆的《丹麦短篇小说集》和戈理基作的长篇小说《阿尔泰莫诺夫之事业》。但我想，这些

---

① "人心惟危"：出自《尚书·大禹谟》，指人心险恶，不可揣测。

译稿，也许去年已被兵火烧掉了。

他的迂渐渐地改变起来，终于也敢和女性的同乡或朋友一同去走路了，但那距离，却至少总有三四尺的。这方法很不好，有时我在路上遇见他，只要在相距三四尺前后或左右有一个年轻漂亮的女人，我便会疑心就是他的朋友。但他和我一同走路的时候，可就走得近了，简直是扶住我，因为怕我被汽车或电车撞死；我这面也为他近视而又要照顾别人担心，大家都仓皇失措的愁一路，所以倘不是万不得已，我是不大和他一同出去的，我实在看得他吃力，因而自己也吃力。

无论从旧道德，从新道德，只要是损己利人的，他就挑选上，自己背起来。

他终于决定地改变了，有一回，曾经明白的告诉我，此后应该转换作品的内容和形式。我说：这怕难罢，譬如使惯了刀的，这回要他要棍，怎么能行呢？他简洁地答到：只要学起来！

他说的并不是空话，真也在从新学起来了，其时他曾经带了一个朋友来访我，那就是冯铿女士。谈了一些天，我对于她终于很隔膜，我疑心她有点罗曼谛克，急于事功；我又疑心柔石的近来要做大部的小说，是发源于她的主张的。但我又疑心我自己，也许是柔石的先前的斩钉截铁的回答，正中了我那其实是偷懒的主张的伤疤，所以不自觉地迁怒到她身上去了。——我其实也并不比我所怕见的神经过敏而自尊的文学青年高明。

她的体质是弱的，也并不美丽。

三

直到左翼作家联盟成立之后，我才知道我所认识的白莽，就是在《拓荒者》上作诗的殷夫。有一次大会时，我便带了一本德译的，一个美国的新闻记者所作的中国游记去送他，这不过以为他可以由此练习德文，另外并无深意。然而他没有来。我只得又托了柔石。

但不久，他们竟一同被捕，我的那一本书，又被没收，落在"三道头"之类的手里了。

四

明日书店要出一种期刊，请柔石去做编辑，他答应了；书店还想印我的译著，托他来问版税的办法，我便将我和北新书局所订的合同，抄了一份交给他，他向衣袋里一塞，匆匆地走了。其时是一九三一年一月十六日的夜间，而不料这一去，竟就是我和他相见的末一回，竟就是我们的永诀。

第二天，他就在一个会场上被捕了，衣袋里还藏着我那印书的合同，听说官厅因此正在找寻我。印书的合同，是明明白白的，但我不愿意到那些不明不白的地方去辩解。记得《说岳全传》① 里讲过一个高僧，当追捕的差役刚到寺门之前，他就"坐化"了，还留下什么"何立从东来，我向西方走"的偈子。这是奴隶所幻想的脱离苦海的唯一的好方法，"剑侠"盼不到，最自在的唯此而已。我不是高僧，没有涅槃的自由，却还有生之留恋，我于是就逃走。

这一夜，我烧掉了朋友们的旧信札，就和女人抱着孩子走在一个客栈里。不几天，即听得外面纷纷传我被捕，或是被杀了，柔石的消息却很少。有的说，他曾经被巡捕带到明日书店里，问是否是编辑；有的说，他曾经被巡捕带往北新书局去，问是否是柔石，手上上了铐，可见案情是重的。但怎样的案情，却谁也不明白。

他在囚系中，我见过两次他写给同乡② 的信，第一回是这样的——

"我与三十五位同犯（七个女的）于昨日到龙华。

---

① 《说岳全传》：一部清代康熙年间成书的演义小说，主要写岳飞的功绩及冤狱。钱彩编次，金丰增订，共八十回。

② 同乡：指王育和（1903—1971），浙江宁海人。时为慎昌钟表行的职员，和柔石同住闸北景云里。柔石在狱中托人带信给他，让他经周建人转交作者。

并于昨夜上了镣，开政治犯从未上镣之纪录。此案累及太大，我一时恐难出狱，书店事望兄为我代办之。现亦好，且跟殷夫兄学德文，此事可告周先生；望周先生勿念，我等未受刑。捕房和公安局，几次问周先生地址，但我哪里知道。诸望勿念。祝好！

赵少雄　一月二十四日。"

以上正面。

　　"洋铁饭碗，要二三只

　　　如不能见面，可将东西

　　　望转交赵少雄"

以上背面。

他的心情并未改变，想学德文，更加努力；也仍在纪念我，像在马路上行走时候一般。但他信里有些话是错误的，政治犯而上镣，并非从他们开始，但他向来看得官场还太高，以为文明至今，到他们才开始了严酷。其实是不然的。果然，第二封信就很不同，措辞非常惨苦，且说冯女士的面目都浮肿了，可惜我没有抄下这封信。其时传说也更加纷繁，说他可以赎出的也有，说他已经解往南京的也有，毫无确信；而用函电来探问我的消息的也多起来，连母亲在北京也急得生病了，我只得一一发信去更正，这样的大约有二十天。

天气愈冷了，我不知道柔石在那里有被褥不？我们是有的。洋铁碗可曾收到了没有？……但忽然得到一个可靠的消息，说柔石和其他二十三人，已于二月七日夜或八日晨，在龙华警备司令部被枪毙了，他的身上中了十弹。

原来如此！……

在一个深夜里，我站在客栈的院子中，周围是堆着的破烂的什物；人们都睡觉了，连我的女人和孩子。我沉重的感到我失掉了很好的朋友，中国失掉了很好的青年，我在悲愤中沉静下去了，然而积习却从沉静中抬起头来，凑成了这样的几句：

"惯于长夜过春时，挈妇将雏鬓有丝。梦里依稀慈母泪，城头变幻大王旗。忍看朋辈成新鬼，怒向刀丛觅小诗。吟罢低眉无写处，月光如水照缁〔zī, 黑色〕衣。"

但末二句，后来不确了，我终于将这写给了一个日本的歌人①。

可是在中国，那时是确无写处的，禁锢得比罐头还严密。我记得柔石在年底曾回故乡，住了好些时，到上海后很受朋友的责备。他悲愤地对我说，他的母亲双眼已经失明了，要他多住几天，他怎么能够就走呢？我知道这失明的母亲的眷眷的心，柔石的拳拳的心。当《北斗》创刊时，我就想写一点关于柔石的文章，然而不能够，只得选了一幅珂勒惠支夫人（Kathe Kollwitz）② 的木刻，名曰《牺牲》，是一个母亲悲哀地献出她的儿子去的，算是只有我一个人心里知道的柔石的纪念。

同时被难的四个青年文学家之中，李伟森我没有会见过，胡也频在上海也只见过一次面，谈了几句天。较熟的要算白莽，即殷夫了，他曾经和我通过信，投过稿，但现在寻起来，一无所得，想必是十七那夜统统烧掉了，那时我还没有知道被捕的也有白莽。然而那本《彼得斐诗集》却在的，翻了一遍，也没有什么，只在一首 *Wahlspruch*（格言）的旁边，有钢笔写的四行译文道：

　　　　"生命诚宝贵，
　　　爱情价更高；
　　　若为自由故，
　　　二者皆可抛！"

又在第二页上，写着"徐培根③"三个字，我疑心这是他

---

① 日本的歌人：指山本初枝（1898—1966）。据《鲁迅日记》记载，一九三二年七月十一日，鲁迅曾将此诗写成小幅，由内山书店转寄给她。

② 珂勒惠支（1867—1945）：德国版画家。鲁迅曾为她编印《凯绥·珂勒惠支版画选集》。

③ 徐培根（1895—1991）：实为白莽的哥哥。曾任国民党政府的航空署长，后因航空署失火而下狱。

的真姓名。

五

前年的今日，我避在客栈里，他们却是走向刑场了；去年的今日，我在炮声中逃在英租界，他们则早已埋在不知哪里的地下了；今年的今日，我才坐在旧寓里，人们都睡觉了，连我的女人和孩子。我又沉重的感到我失掉了很好的朋友，中国失掉了很好的青年，我在悲愤中沉静下去了，不料积习又从沉静中抬起头来，写下了以上那些字。

要写下去，在中国的现在，还是没有写处的。年轻时读向子期①《思旧赋》，很怪他为什么只有寥寥的几行，刚开头却又煞了尾。然而，现在我懂得了。

不是年轻的为年老的写纪念，而在这三十年中，却使我目睹许多青年的血，层层淤积起来，将我埋得不能呼吸，我只能用这样的笔墨，写几句文章，算是从泥土中挖一个小孔，自己延口残喘，这是怎样的世界呢。夜正长，路也正长，我不如忘却，不说的好罢。但我知道，即使不是我，将来总会有记起他们，再说他们的时候的。……

二月七—八日。

＊本篇最初发表于一九三三年四月一日《现代》第二卷第六期。

---

① 向子期：向秀，字子期。魏晋日期文学家。其《思旧赋》系为悼念被当政的司马氏政权所杀害的朋友嵇康、吕安而作。

火

普洛美修斯偷火给人类，总算是犯了天条，贬入地狱。但是，钻木取火的燧人氏却似乎没有犯窃盗罪，没有破坏神圣的私有财产——那时候，树木还是无主的公物。然而燧人氏也被忘却了，到如今只见中国人供火神菩萨①，不见供燧人氏的。

火神菩萨只管放火，不管点灯。凡是火着就有他的份。因此，大家把他供养起来，希望他少作恶。然而如果他不作恶，他还受得着供养么，你想？

点灯太平凡了。从古至今，没有听到过点灯出名的名人，虽然人类从燧人氏那里学会了点火已经有五六千年的时间。放火就不然。秦始皇放了一把火——烧了书没有烧人；项羽入关又放了一把火——烧的是阿房宫不是民房（？——待考）。……罗马的一个什么皇帝却放火烧百姓②了；中世纪正教的僧侣就会把异教徒当柴火烧，间或还灌上油。这些都是一世之雄。现代的希特拉就是活证人。如何能不供养起来。何况现今是进化时代，火神菩萨也代代跨灶③的。

譬如说罢，没有电灯的地方，小百姓不顾什么国货年，人人都要买点洋货的煤油，晚上就点起来：那么幽暗的黄澄澄的光线映在纸窗上，多不大方！不准，不准这么点灯！你们如果要光明的话，非得禁止这样"浪费"煤油不可。煤油应当扛到田地里去，灌进喷筒，呼啦呼啦的喷起来……一场大火，几

---

① 火神菩萨：指我国传说中的祝融、回禄等火神。

② 指罗马皇帝尼禄（C. C. Nero, 37—68），他曾于公元六十四年放火焚烧罗马城。

③ 跨灶：比喻儿子胜过父亲。

十里路的延烧过去，稻禾，树木，房舍——尤其是草棚——一会儿都变成飞灰了。还不够，就有燃烧弹，硫黄弹，从飞机上面扔下来，像上海一二八的大火似的，够烧几天几晚。那才是伟大的光明呵。

火神菩萨的威风是这样的。可是说起来，他又不承认：火神菩萨据说原是保佑小民的，至于火灾，却要怪小民自不小心，或是为非作歹，纵火抢掠。

谁知道呢？历代放火的名人总是这样说，却未必总有人信。

我们只看见点灯是平凡的，放火是雄壮的，所以点灯就被禁止，放火就受供养。你不见海京伯马戏团①么：宰了耕牛喂老虎，原是这年头的"时代精神"。

十一月二日。

＊本篇最初发表于一九三三年十二月十五日《申报月刊》第二卷第十二号，署名洛文。

---

① 海京伯马戏团：德国驯兽家海京伯（C. Hagenbeck，1844—1913）创办的马戏团，一九三三年十月曾来中国上海演出。

家庭为中国之基本

中国的自己能酿酒，比自己来种鸦片早，但我们现在只听说许多人躺着吞云吐雾，却很少见有人像外国水兵似的满街发酒疯。唐宋的踢球，久已失传，一般的娱乐是躲在家里彻夜叉麻雀。从这两点看起来，我们在从露天下渐渐地躲进家里去，是无疑的。古之上海文人，已尝慨乎言之，曾出一联，索人属对，道："三鸟害人鸦雀鸽"，"鸽"是彩票，雅号奖券，那时却称为"白鸽票"的。但我不知道后来有人对出了没有。

不过我们也并非满足于现状，是身处斗室之中，神驰宇宙之外，抽鸦片者享乐着幻境，叉麻雀者心仪于好牌。檐下放起爆竹，是在将月亮从天狗嘴里救出；剑仙坐在书斋里，哼的一声，一道白光，千万里外的敌人可被杀掉了，不过飞剑还是回家，钻进原先的鼻孔去，因为下次还要用。这叫作千变万化，不离其宗。所以学校是从家庭里拉出子弟来，教成社会人才的地方，而一闹到不可开交的时候，还是"交家长严加管束"云。

"骨肉归于土，命也；若夫魂气，则无不之也，无不之也！"①一个人变了鬼，该可以随便一点了罢，而活人仍要烧一所纸房子，请他住进去，阔气的还有打牌桌，鸦片盘。成仙，这变化是很大的，但是刘太太偏舍不得老家，定要运动到"拔宅飞升"，连鸡犬都带了上去而后已，好依然的管家务，饲狗，喂鸡。

我们的古今人，对于现状，实在也愿意有变化，承认其变

狂人日记

---

① 出自《礼记·檀弓下》，大意是，人体的骨肉归于土，这是命运。而人的魂魄则无所不在。

化的，变鬼无法，成仙更佳，然而对于老家，却总是死也不肯放。我想，火药只做爆竹，指南针只看坟山，恐怕那原因就在此。

现在是火药蜕化为轰炸弹，烧夷弹①，装在飞机上面了，我们却只能坐在家里等他落下来。自然，坐飞机的人是颇有了的，但他那里是远征呢，他为的是可以快点回到家里去。

家是我们的生处，也是我们的死所。

十二月十六日。

*本篇最初发表于一九三四年一月十五日《申报月刊》第三卷第一号，署名罗怃。

① 烧夷弹：即燃烧弹。一种能使目标迅速燃烧的炸弹，一般以黄磷、凝固汽油等作为燃烧剂。

现 代 史

从我有记忆的时候起，直到现在，凡我所曾经到过的地方，在空地上，常常看见有"变把戏"的，也叫作"变戏法"的。

这变戏法的，大概只有两种——

一种，是教一个猴子戴起假面，穿上衣服，耍一通刀枪；骑了羊跑几圈。还有一只用稀粥养活，已经瘦得皮包骨头的狗熊玩一些把戏。末后是向大家要钱。

一种，是将一块石头放在空盒子里，用手巾左盖右盖，变出一只白鸽来；还有将纸塞在嘴巴里，点上火，从嘴角鼻孔里冒出烟焰。其次是向大家要钱。要了钱之后，一个人嫌少，装腔作势的不肯变了，一个人来劝他，对大家说再五个。果然有人抛钱了，于是再四个，三个……

抛足之后，戏法就又开了场。这回是将一个孩子装进小口的坛子里面去，只见一条小辫子，要他再出来，又要钱。收足之后，不知怎么一来，大人用尖刀将孩子刺死了，盖上被单，直挺挺躺着，要他活过来，又要钱。

"在家靠父母，出家靠朋友……Huazaa！Huazaa！"变戏法的装出撒钱的手势，严肃而悲哀地说。

别的孩子，如果走近去想仔细地看，他是要骂的；再不听，他就会打。

果然有许多人 Huazaa 了。待到数目和预料的差不多，他们就捡起钱来，收拾家伙，死孩子也自己爬起来，一同走掉了。

看客们也就呆头呆脑的走散。

这空地上，暂时是沉寂了。过了些时，就又来这一套。俗语说，"戏法人人会变，各有巧妙不同"。其实是许多年间，总是这一套，也总有人看，总有人 Huazaa，不过其间必须经过沉寂的几日。

我的话说完了，意思也浅得很，不过说大家 Huazaa Huazaa 一通之后，又要静几天了，然后再来这一套。

到这里我才记得写错了题目，这真是成了"不死不活"的东西。

四月一日。

* 本篇最初发表于一九三三年四月八日《申报·自由谈》，署名何家干。

夜　颂

爱夜的人，也不但是孤独者，有闲者，不能战斗者，怕光明者。

人的言行，在白天和在深夜，在日下和在灯前，常常显得两样。夜是造化所织的幽玄的天衣，普覆一切人，使他们温暖，安心，不知不觉的自己渐渐脱去人造的面具和衣裳，赤条条地裹在这无边际的黑絮似的大块里。

虽然是夜，但也有明暗。有微明，有昏暗，有伸手不见掌，有漆黑一团糟。爱夜的人要有听夜的耳朵和看夜的眼睛，自在暗中，看一切暗。君子们从电灯下走入暗室中，伸开了他的懒腰；爱侣们从月光下走进树荫里，突变了他的眼色。夜的降临，抹杀了一切文人学士们当光天化日之下，写在耀眼的白纸上的超然，混然，恍然，勃然，粲〔càn，鲜明，美好〕然的文章，只剩下乞怜，讨好，撒谎，骗人，吹牛，捣鬼的夜气，形成一个灿烂的金色的光圈，像见于佛画上面似的，笼罩在学识不凡的头脑上。

爱夜的人于是领受了夜所给予的光明。

高跟鞋的摩登女郎在马路边的电光灯下，阁阁地走得很起劲，但鼻尖也闪烁着一点油汗，在证明她是初学的时髦，假如长在明晃晃的照耀中，将使她碰着"没落"的命运。一大排关着的店铺的昏暗助她一臂之力，使她放缓开足的马力，吐一口气，这时才觉得沁人心脾的夜里的拂拂的凉风。

爱夜的人和摩登女郎，于是同时领受了夜所给予的恩惠。

一夜已尽，人们又小心翼翼的起来，出来了；便是夫妇们，面目和五六点钟之前也何其两样。从此就是热闹，喧嚣。而高墙后面，大厦中间，深闺里，黑狱里，客室里，秘密机关里，却依然弥漫着惊人的真的大黑暗。

现在的光天化日，熙来攘往，就是这黑暗的装饰，是人肉酱缸上的金盖，是鬼脸上的雪花膏。只有夜还算是诚实的。我爱夜，在夜间作《夜颂》。

六月八日。

　＊本篇最初发表于一九三三年六月十日《申报·自由谈》，署名游光。

另一个窃火者

火的来源，希腊人以为是普洛米修斯从天上偷来的，因此触了大神宙斯之怒，将他锁在高山上，命一只大鹰天天来啄他的肉。

非洲的土人瓦仰安提族①也已经用火，但并不是由希腊人传授给他们的。他们另有一个窃火者。

这窃火者，人们不能知道他的姓名，或者早被忘却了。他从天上偷了火来，传给瓦仰安提族的祖先，因此触了大神大拉斯之怒，这一段，是和希腊古传相像的。但大拉斯的办法却两样了，并不是锁他在山巅，却秘密地将他锁在暗黑的地窖子里，不给一个人知道。派来的也不是大鹰，而是蚊子，跳蚤，臭虫，一面吸他的血，一面使他皮肤肿起来。这时还有蝇子们，是最善于寻觅创伤的脚色，嗡嗡的叫，拼命的吸吮，一面又拉许多蝇粪在他的皮肤上，来证明他是怎样地一个不干净的东西。

然而瓦仰安提族的人们，并不知道这一个故事。他们单知道火乃酋长的祖先所发明，给酋长作烧死异端和烧掉房屋之用的。

幸而现在交通发达了，非洲的蝇子也有些飞到中国来，我从它们的嗡嗡营营声中，听出了这一点点。

七月八日。

*本篇最初发表于一九三三年七月九日《申报·自由谈》，署名丁萌。

---

① 瓦仰安提族：瓦尼亚姆威齐（wanyamwezi）人，意思是"月亮之民"。东非坦桑尼亚的主要民族之一，属班图语系。原信祖先崇拜，现多已为基督教和伊斯兰教所取代。

晨凉漫记

关于张献忠①的传说，中国各处都有，可见是大家都很以他为奇特的，我先前也便是很以他为奇特的人们中的一个。

儿时见过一本书，叫作《无双谱》②，是清初人之作，取历史上极特别无二的人物，各画一像，一面题些诗，但坏人好像是没有的。因此我后来想到可以择历来极其特别，而其实是代表着中国人性质之一种的人物，作一部中国的"人史"，如英国嘉勒尔③的《英雄及英雄崇拜》，美国亚懋〔mào，古同"茂"，盛大；美，此名为人名〕生④的《伟人论》那样。唯须好坏俱有，有啮雪苦节的苏武，舍身求法的玄奘，有"鞠躬尽瘁，死而后已"的孔明，但也有呆信古法，"死而后已"的王莽，有半当真半取笑的变法的王安石；张献忠当然也在内。但现在是毫没有动笔的意思了。

《蜀碧》⑤一类的书，记张献忠杀人的事颇详细，但也颇散漫，令人看去仿佛他是像"为艺术而艺术"的一样，专在"为杀人而杀人"了。他其实是另有目的的。他开初并不很杀人，他何尝不想做皇帝。后来知道李自成进了北京，接着是清兵入关，自己只剩了没落这一条路，于是就开手杀，杀……他

---

① 张献忠（1606—1646）：明末农民起义领袖之一。延安柳树涧（今陕西安定边东）人。旧史书、杂记中多记载其杀人事。

② 《无双谱》：清代金古良（约1661—？）编绘。

③ 嘉勒尔（T. Carlyle，1795—1881）：今译卡莱尔，英国著作家及历史学家。著有《法国革命史》《过去与现在》等。

④ 亚懋生（R. W. Emerson，1803—1882）：今译爱默生，美国著作家。

⑤ 《蜀碧》：清代彭遵泗著。内容系记述张献忠在四川时的事迹，多记张献忠杀人的事。

分明的感到，天下已没有自己的东西，现在是在毁坏别人的东西了，这和有些末代的风雅皇帝，在死前烧掉了祖宗或自己所搜集的书籍古董宝贝之类的心情，完全一样。他还有兵，而没有古董之类，所以就杀，杀，杀人，杀……

但他还要维持兵，这实在不过是维持杀。他杀得没有平民了，就派许多较为心腹的人到兵们中间去，设法窃听，偶有怨言，即跃出执之，戮其全家（他的兵像是有家眷的，也许就是掳来的妇女）。以杀治兵，用兵来杀，自己是完了，但要这样的达到一同灭亡的末路。我们对于别人的或公共的东西，不是也不很爱惜的么？

所以张献忠的举动，一看虽然似乎古怪，其实是极平常的。古怪的倒是那些被杀的人们，怎么会总是束手伸颈的等他杀，一定要清朝的肃王①来射死他，这才作为奴才而得救，而还说这是前定，就是所谓"吹箫不用竹，一箭贯当胸"②。但我想，这预言诗是后人造出来的，我们不知道那时的人们真是怎么想。

七月二十八日。

＊本篇最初发表于一九三三年八月一日《申报·自由谈》，署名孺牛。

① 肃王：豪格（1609—1648），清太宗（皇太极）长子，顺治三年（1646）率清兵镇压张献忠部起义军。
② "吹箫不用竹，一箭贯当胸"：出自《蜀碧》卷三，是关于张献忠之死的预言诗。

秋 夜 纪 游

　　秋已经来了，炎热也不比夏天小，当电灯替代了太阳的时候，我还是在马路上漫游。

　　危险？危险令人紧张，紧张令人觉到自己生命的力。在危险中漫游，是很好的。

　　租界也还有悠闲的处所，是住宅区。但中等华人的窟穴却是炎热的，吃食担，胡琴，麻将，留声机，垃圾桶，光着的身子和腿。相宜的是高等华人或无等洋人住处的门外，宽大的马路，碧绿的树，淡色的窗幔，凉风，月光，然而也有狗子叫。

　　我生长农村中，爱听狗子叫，深夜远吠，闻之神怡，古人之所谓"犬声如豹"者就是。倘或偶经生疏的村外，一声狂噑，巨獒跃出，也给人一种紧张，如临战斗，非常有趣的。

　　但可惜在这里听到的是巴儿狗。它躲躲闪闪，叫得很脆：汪汪！

　　我不爱听这一种叫。

　　我一面漫步，一面发出冷笑，因为我明白了使它闭口的方法，是只要去和它主子的管门人说几句话，或者抛给它一根肉骨头。这两件我还能的，但是我不做。

　　它常常要汪汪。

　　我不爱听这一种叫。

　　我一面漫步，一面发出恶笑了，因为我手里拿着一粒石子，恶笑刚敛，就举手一掷，正中了它的鼻梁。

　　呜的一声，它不见了。我漫步着，漫步着，在少有的寂寞里。

　　秋已经来了，我还是漫步着。叫呢，也还是有的，然而更加躲躲闪闪了，声音也和先前不同，距离也隔得远了，连鼻子都看不见。

我不再冷笑，不再恶笑了，我漫步着，一面舒服地听着它那很脆的声音。

八月十四日。

＊本篇最初发表于一九三三年八月十六日《申报·自由谈》，署名游光。

新秋杂识（一）

门外的有限的一方泥地上，有两队蚂蚁在打仗。

童话作家爱罗先珂的名字，现在是已经从读者的记忆上渐渐淡下去了，此时我却记起了他的一种奇异的忧愁。他在北京时，曾经认真地告诉我说：我害怕，不知道将来会不会有人发明一种方法，只要怎么一来，就能使人们都成为打仗的机器的。

其实是这方法早经发明了，不过较为繁难，不能"怎么一来"就完事。我们只要看外国为儿童而作的书籍，玩具，常常以指教武器为大宗，就知道这正是制造打仗机器的设备。制造是必须从天真烂漫的孩子们入手的。

不但人们，连昆虫也知道。蚂蚁中有一种武士蚁，自己不造窠，不求食，一生的事业，是专在攻击别种蚂蚁，掠取幼虫，使成奴隶，给它服役的。但奇怪的是它决不掠取成虫，因为已经难施教化。它所掠取的一定只限于幼虫和蛹，使在盗窟里长大，毫不记得先前，永远是愚忠的奴隶，不但服役，每当武士蚁出去劫掠的时候，它还跟在一起，帮着搬运那些被侵略的同族的幼虫和蛹去了。

但在人类，却不能这么简单的造成一律。这就是人之所以为"万物之灵"。

然而制造者也决不放手。孩子长大，不但失掉天真，还变得呆头呆脑，是我们时时看见的。经济的凋敝，使出版界不肯印行大部的学术文艺书籍，不是教科书，便是儿童书，黄河决口似的向孩子们滚过去。但那里面讲的是什么呢？要将我们的孩子们造成什么东西呢？却还没有看见战斗的批评家论及，似乎已经不大有人注意将来了。

反战会议的消息不很在日报上看到，可见打仗也还是中国人的嗜好，给它一个冷淡，正是违反了我们的嗜好的证明。自然，仗是要打的，跟着武士蚁去搬运败者的幼虫，也还不失为一种为奴的胜利。但是，人究竟是"万物之灵"，这样那里能就够。仗自然是要打的，要打掉制造打仗机器的蚁冢，打掉毒害小儿的药饵，打掉陷没将来的阴谋：这才是人的战士的任务。

八月二十八日。

　　＊本篇最初发表于一九三三年九月二日《申报·自由谈》，署名旅隼。

文床秋梦

春梦是颠颠倒倒的。"夏夜梦"呢？看沙士比亚的剧本，也还是颠颠倒倒。中国的秋梦，照例却应该"肃杀"，民国以前的死囚，就都是"秋后处决"的，这是顺天时。天教人这么着，人就不能不这么着。所谓"文人"当然也不至于例外，吃得饱饱的睡在床上，食物不能消化完，就做梦；而现在又是秋天，天就教他的梦威严起来了。

二卷三十一期（八月十二日出版）的《涛声》上，有一封自名为"林丁"先生的给编者的信，其中有一段说——

"……之争，孰是孰非，殊非外人所能详道。然而彼此摧残，则在旁观人看来，却不能不承是整个文坛的不幸。……我以为各人均应先打屁股百下，以儆效尤，余事可一概不提。……"

前两天，还有某小报上的不署名的社谈，它对于早些日子余赵的剪窃问题之争，也非常气愤——

"……假使我一朝大权在握，我一定把这般东西捉了来，判他们罚作苦工，读书十年；中国文坛，或尚有干净之一日。"

张献忠自己要没落了，他的行动就不问"孰是孰非"，只是杀。清朝的官员，对于原被两造，不问青红皂白，各打屁股一百或五十的事，确也偶尔会有的，这是因为满洲还想要奴才，供搜刮，就是"林丁"先生的旧梦。某小报上的无名子先生可还要比较的文明，至少，它是已经知道了上海工部局"判罚"下等华人的方法的了。

但第一个问题是在怎样才能够"一朝大权在握"？文弱书生死样活气，怎么做得到权臣？先前，还可以希望招驸马，一下子就飞黄腾达，现在皇帝没有了，即使满脸涂着雪花膏，也永远遇不到公主的青睐；至多，只可以希图做一个富家的姑爷而已。而捐官的办法，又早经取消，对于"大权"，还是只能像狐狸的遇着高处的葡萄一样，仰着白鼻子看看。文坛的完整和干净，恐怕实在也到底很渺茫。

五四时候，曾经在出版界上发现了"文丐"，接着又发现了"文氓"，但这种威风凛凛的人物，却是我今年秋天在上海新发现的，无以名之，姑且称为"文官"罢。看文学史，文坛是常会有完整而干净的时候的，但谁曾见过这文坛的澄清，会和这类的"文官"们有丝毫关系的呢。

不过，梦是总可以做的，好在没有什么关系，而写出来也有趣。请安息罢，候补的少大人们！

九月五日。

＊本篇最初发表于一九三三年九月十一日《申报·自由谈》，署名游光。

新秋杂识（三）

"秋来了！"

秋真是来了，晴的白天还好，夜里穿着洋布衫就觉得凉飕飕。报章上满是关于"秋"的大小文章：迎秋，悲秋，哀秋，责秋……为了趋时，也想这么的做一点，然而总是做不出。我想，就是想要"悲秋"之类，恐怕也要福气的，实在令人羡慕得很。

记得幼小时，有父母爱护着我的时候，最有趣的是生点小毛病，大病却生不得，既痛苦，又危险的。生了小病，懒懒地躺在床上，有些悲凉，又有些娇气，小苦而微甜，实在好像秋的诗境。呜呼哀哉，自从流落江湖以来，灵感卷逃，连小病也不生了。偶然看看文学家的名文，说是秋花为之惨容，大海为之沉默云云，只是愈加感到自己的麻木。我就从来没有见过秋花为了我在悲哀，忽然变了颜色；只要有风，大海是总在呼啸的，不管我爱闹还是爱静。

冰莹①女士的佳作告诉我们："晨是学科学的，但在这一刹那，完全忘掉了他的志趣，存在他脑海中的只有一个尽量地享受自然美景的目的。……"这也是一种福气。科学我学得很浅，只读过一本生物学教科书，但是，它那些教训，花是植物的生殖机关呀，虫鸣鸟啭，是在求偶呀之类，就完全忘不掉了。昨夜闲逛荒场，听到蟋蟀在野菊花下鸣叫，觉得好像是美景，诗兴勃发，就做了两句新诗——

> 野菊的生殖器下面，
> 蟋蟀在吊膀子。

---

① 冰莹：谢冰莹（1906—2000），女作家，湖南新化人。

写出来一看，虽然比粗人们所唱的俚歌要高雅一些，而对于新诗人的由"烟士披离纯"而来的诗，还是"相形见绌"。写得太科学，太真实，就不雅了，如果改作旧诗，也许不至于这样。生殖机关，用严又陵先生译法，可以谓之"性官"；"吊膀子"呢，我自己就不懂那语源，但据老于上海者说，这是因西洋人的男女挽臂同行而来的，引申为诱惑或追求异性的意思。吊者，挂也，亦即相挟持。那么，我的诗就译出来了——

> 野菊性官下，
>
> 鸣蛩在悬肘。

虽然很有些费解，但似乎也雅得多，也就是好得多。人们不懂，所以雅，也就是所以好，现在也还是一个做文豪的秘诀呀。质之"新诗人"邵洵美先生之流，不知以为何如？

九月十四日。

＊本篇最初发表于一九三三年九月十七日《申报·自由谈》，署名旅隼。

喝　茶

　　某公司又在廉价了，去买了二两好茶叶，每两洋二角。开首泡了一壶，怕它冷得快，用棉袄包起来，却不料郑重其事的来喝的时候，味道竟和我一向喝着的粗茶差不多，颜色也很重浊。

　　我知道这是自己错误了，喝好茶，是要用盖碗的，于是用盖碗。果然，泡了之后，色清而味甘，微香而小苦，确是好茶叶。但这是须在静坐无为的时候的，当我正写着《吃教》的中途，拉来一喝，那好味道竟又不知不觉的滑过去，像喝着粗茶一样了。

　　有好茶喝，会喝好茶，是一种"清福"。不过要享这"清福"，首先就须有工夫，其次是练习出来的特别的感觉。由这一极琐屑的经验，我想，假使是一个使用筋力的工人，在喉干欲裂的时候，那么，即使给他龙井芽茶，珠兰窨片，恐怕他喝起来也未必觉得和热水有什么大区别罢。所谓"秋思"，其实也是这样的，骚人墨客，会觉得什么"悲哉秋之为气也"，风雨阴晴，都给他一种刺戟，一方面也就是一种"清福"，但在老农，却只知道每年的此际，就要割稻而已。

　　于是有人以为这种细腻锐敏的感觉，当然不属于粗人，这是上等人的牌号。然而我恐怕也正是这牌号就要倒闭的先声。我们有痛觉，一方面是使我们受苦的，而一方面也使我们能够自卫。假如没有，则即使背上被人刺了一尖刀，也将茫无知觉，直到血尽倒地，自己还不明白为什么倒地。但这痛觉如果细腻锐敏起来呢，则不但衣服上有一根小刺就觉得，连衣服上的接缝，线结，布毛都要觉得，倘不穿"无缝天衣"，他便要终日如芒刺在身，活不下去了。但假装锐敏的，自然不在此例。

　　感觉的细腻和锐敏，较之麻木，那当然算是进步的，然而以有助于生命的进化为限。如果不相干，甚而至于有碍，那就是进化中的病态，不久就要收梢。我们试将享清福，抱秋心的雅人，和破衣粗食的粗人一比较，就明白究竟是谁活得下去。喝过茶，望着秋天，我于是想：不识好茶，没有秋思，倒也罢了。

九月三十日。

　　＊本篇最初发表于一九三三年十月二日《申报·自由谈》，署名丰之余。

看 变 戏 法

我爱看"变戏法"。

他们是走江湖的，所以各处的戏法都一样。为了敛钱，一定有两种必要的东西：一只黑熊，一个小孩子。

黑熊饿得真瘦，几乎连动弹的力气也快没有了。自然，这是不能使它强壮的，因为一强壮，就不能驾驭。现在是半死不活，却还要用铁圈穿了鼻子，再用索子牵着做戏。有时给吃一点东西，是一小块水泡的馒头皮，但还将勺子擎得高高的，要它站起来，伸头张嘴，许多工夫才得落肚，而变戏法的则因此集了一些钱。

这熊的来源，中国没有人提到过。据西洋人的调查，说是从小时候，由山里捉来的；大的不能用，因为一大，就总改不了野性。但虽是小的，也还须"训练"，这"训练"的方法，是"打"和"饿"；而后来，则是因虐待而死亡。我以为这话是的确的，我们看它还在活着做戏的时候，就瘦得连熊气息也没有了，有些地方，竟称之为"狗熊"，其被蔑视至于如此。

孩子在场面上也要吃苦，或者大人踏在他肚子上，或者将他的两手扭过来，他就显出很苦楚，很为难，很吃重的相貌，要看客解救。六个，五个，再四个，三个……而变戏法的就又集了一些钱。

他自然也曾经训练过，这苦痛是装出来的，和大人串通的勾当，不过也无碍于赚钱。

下午敲锣开场，这样的做到夜，收场，看客走散，有花了钱的，有终于不花钱的。

每当收场，我一面走，一面想：两种生财家伙，一种是要被虐待至死的，再寻幼小的来；一种是大了之后，另寻一个小孩子和一只小熊，仍旧来变照样的戏法。

　　事情真是简单得很，想一下，就好像令人索然无味。然而我还是常常看。此外叫我看什么呢，诸君？

　　　　　　　　　　　　　　　　　　　　　十月一日。

　　*本篇最初发表于一九三三年十月四日《申报·自由谈》，署名游光。

"京派"与"海派"

　　自从北平某先生①在某报上有扬"京派"而抑"海派"之言，颇引起了一番议论。最先是上海某先生在某杂志上的不平，且引另一某先生的陈言，以为作者的籍贯，与作品并无关系，要给北平某先生一个打击。

　　其实，这是不足以服北平某先生之心的。所谓"京派"与"海派"，本不指作者的本籍而言，所指的乃是一群人所聚的地域，故"京派"非皆北平人，"海派"亦非皆上海人。梅兰芳博士，戏中之真正京派也，而其本贯，则为吴下。但是，籍贯之都鄙，固不能定本人之功罪，居处的文陋，却也影响于作家的神情，孟子曰："居移气，养移体"②，此之谓也。北京是明清的帝都，上海乃各国之租界，帝都多官，租界多商，所以文人之在京者近官，没海者近商，近官者在使官得名，近商者在使商获利，而自己也赖以糊口。要而言之，不过"京派"是官的帮闲，"海派"则是商的帮忙而已。但从官得食者其情状隐，对外尚能傲然，从商得食者其情状显，到处难于掩饰，于是忘其所以者，遂据以有清浊之分。而官之鄙商，固亦中国旧习，就更使"海派"在"京派"的眼中跌落了。

　　而北京学界，前此固亦有其光荣，这就是五四运动的策动。现在虽然还有历史上的光辉，但当时的战士，却"功成，名遂，身退"者有之，"身稳"者有之，"身升"者更有之，

------

　　① 北平某先生：指沈从文，湖南凤凰人。
　　② "居移气，养移体"：意为居处可以改变一个人的气质风度，奉养厚薄则可以改变一个人的身体状况。出自《孟子·尽心（上）》。

好好的一场恶斗，几乎令人有"若要官，杀人放火受招安"①之感。"昔人已乘黄鹤去，此地空余黄鹤楼"，前年大难临头，北平的学者们所想援以掩护自己的是古文化，而唯一大事，则是古物的南迁，这不是自己彻底地说明了北平所有的是什么了吗？

但北平究竟还有古物，且有古书，且有古都的人民。在北平的学者文人们，又大抵有着讲师或教授的本业，论理，研究或创作的环境，实在是比"海派"来得优越的，我希望着能够看见学术上，或文艺上的大著作。

一月三十日。

＊本篇最初发表于一九三四年二月三日《申报·自由谈》，署名栾廷石。

狂人日记

---

① "若要官，杀人放火受招安"：出自宋代庄季裕《鸡肋编》："建炎（宋高宗年号）后俚语，有见当时之事者：如……欲得官，杀人放火受招安；欲得富，赶著行在卖酒醋。"行在，指皇帝出行时居留之处，此处借指皇帝。

北人与南人

这是看了"京派"与"海派"的议论之后，牵连想到的——

北人的卑视南人，已经是一种传统。这也并非因为风俗习惯的不同，我想，那大原因，是在历来的侵入者多从北方来，先征服中国之北部，又携了北人南征，所以南人在北人的眼中，也是被征服者。

二陆①入晋，北方人士在欢欣之中，分明带着轻薄，举证太烦，姑且不谈罢。容易看的是，羊衒〔xuàn，同"炫"〕之的《洛阳伽蓝记》中，就常诋南人，并不视为同类。至于元，则人民截然分为四等，一蒙古人，二色目人，三汉人即北人，第四等才是南人，因为他是最后投降的一伙。最后投降，从这边说，是矢尽援绝，这才罢战的南方之强，从那边说，却是不识顺逆，久梗王师的贼。孑遗②自然还是投降的，然而为奴隶的资格因此就最浅，因为浅，所以班次就最下，谁都不妨加以卑视了。到清朝，又重理了这一篇账，至今还流衍着余波；如果此后的历史是不再回旋的，那真不独是南人的如天之福。

当然，南人是有缺点的。权贵南迁，就带了腐败颓废的风气来，北方倒反而干净。性情也不同，有缺点，也有特长，正如北人的兼具二者一样。据我所见，北人的优点是厚重，南人的优点是机灵。但厚重之弊也愚，机灵之弊也狡，所以某先

---

① 二陆：指陆机（261—303）、陆云（262—303）兄弟。二人皆为西晋文学家。

② 孑遗：指前朝遗民。

生①曾经指出缺点到：北方人是"饱食终日，无所用心"；南方人是"群居终日，言不及义"。就有闲阶级而言，我以为大体是的确的。

缺点可以改正，优点可以相师。相书上有一条说，北人南相，南人北相者贵。我看这并不是妄语。北人南相者，是厚重而又机灵，南人北相者，不消说是机灵而又能厚重。昔人之所谓"贵"，不过是当时的成功，在现在，那就是做成有益的事业了。这是中国人的一种小小的自新之路。

不过做文章的是南人多，北方却受了影响。北京的报纸上，油嘴滑舌，吞吞吐吐，顾影自怜的文字不是比六七年前多了吗？这倘和北方固有的"贫嘴"一结婚，产生出来的一定是一种不祥的新劣种！

一月三十日。

＊本篇最初发表于一九三四年二月四日《申报·自由谈》，署名栾廷石。

----

① 某先生：指顾炎武（1613—1682）。

过　年

今年上海的过旧年，比去年热闹。

文字上和口头上的称呼，往往有些不同：或者谓之"废历"①，轻之也；或者谓之"古历"，爱之也。但对于这"历"的待遇是一样的：结账，祀神，祭祖，放鞭炮，打麻将，拜年，"恭喜发财"！

虽过年而不停刊的报章上，也已经有了感慨；但是，感慨而已，到底胜不过事实。有些英雄的作家，也曾经叫人终年奋发，悲愤，纪念。但是，叫而已矣，到底也胜不过事实。中国的可哀的纪念太多了，这照例至少应该沉默；可喜的纪念也不算少，然而又怕有"反动分子乘机捣乱"，所以大家的高兴也不能发扬。几经防遏，几经淘汰，什么佳节都被绞死，于是就觉得只有这仅存残喘的"废历"或"古历"还是自家的东西，更加可爱了。那就格外的庆贺——这是不能以"封建的余意"一句话，轻轻了事的。

叫人整年的悲愤，劳作的英雄们，一定是自己毫不知道悲愤，劳作的人物。在实际上，悲愤者和劳作者，是时时需要休息和高兴的。古埃及的奴隶们，有时也会冷然一笑。这是蔑视一切的笑。不懂得这笑的意义者，只有主子和自安于奴才生活，而劳作较少，并且失了悲愤的奴才。

我不过旧历年已经二十三年了，这回却连放了三夜的花

---

① "废历"：指阴历（或称夏历）。

爆，使隔壁的外国人也"嘘"了起来：这却和花爆都成了我一年中仅有的高兴。

二月十五日。

＊本篇最初发表于一九三四年二月十七日《申报·自由谈》，署名张承禄。

清 明 时 节

清明时节，是扫墓的时节，有的要进关内来祭祖，有的是到陕西去上坟，或则激论沸天，或则欢声动地，真好像上坟可以亡国，也可以救国似的。

坟有这么大关系，那么，掘坟当然是要不得的了。

元朝的国师八合思巴①罢，他就深相信掘坟的利害。他掘开宋陵，要把人骨和猪狗骨同埋在一起，以使宋室倒霉。后来幸而给一位义士盗走了，没有达到目的，然而宋朝还是亡。曹操设了"摸金校尉"之类的职员，专门盗墓，他的儿子却做了皇帝，自己竟被谥为"武帝"，好不威风。这样看来，死人的安危，和生人的祸福，又仿佛没有关系似的。

相传曹操怕死后被人掘坟，造了七十二疑冢，令人无从下手。于是后之诗人②曰："遍掘七十二疑冢，必有一冢葬君尸。"于是后之论者③又曰：阿瞒老奸巨猾，安知其尸实不在此七十二冢之内乎。真是没有法子想。

阿瞒虽是老奸巨猾，我想，疑冢之流倒未必安排的，不过古来的冢墓，却大抵被发掘者居多，冢中人的主名，的确者也很少，洛阳邙山④，清末掘墓者极多，虽在名公巨卿的墓中，所得也大抵是一块志石和凌乱的陶器，大约并非原没有贵重的殉葬品，乃是早经有人掘过，拿走了，什么时候呢，无从知

---

① 八合思巴（1239—1279）：八思巴，本名罗卓坚参，吐蕃萨斯迦（今西藏自治区日喀则市萨迦）人。佛教高僧。元中统元年（1260）封为"国师"。

② 后之诗人：指宋代文人俞应符。

③ 后之论者：指明代人文地理学家王士性（1547—1598），他在《豫志》中说："余谓以操之多智，即七十二冢中，操尸犹不在也。"

④ 邙山：位于河南洛阳城北，东汉至唐宋等朝的王侯公卿多葬在那里。

道。总之是葬后以至清末的偷掘那一天之间罢。

至于墓中人究竟是什么人，非掘后往往不知道。即使有相传的主名的，也大抵靠不住。中国人一向喜欢造些和大人物相关的名胜，石门有"子路止宿处"①，泰山上有"孔子小天下处"；一个小山洞，是埋着大禹②，几堆大土堆，便葬着文武和周公③。

如果扫墓的确可以救国，那么，扫就要扫得真确，要扫文武周公的陵，不要扫着别人的土包子，还得查考自己是否周朝的子孙。于是乎要有考古的工作，就是掘开坟来，看看有无葬着文王武王周公旦的证据，如果有遗骨，还可照《洗冤录》④的方法来滴血。但是，这又和扫墓救国说相反，很伤孝子顺孙的心了。不得已，就只好闭了眼睛，硬着头皮，乱拜一阵。

"非其鬼而祭之，谄也!"⑤ 单是扫墓救国术没有灵验，还不过是一个小笑话而已。

四月二十六日。

＊本篇最初发表于一九三四年五月二十四日《中华日报·动向》，署名孟弧。

---

① "子路止宿处"：《论语·宪问》中载有"子路宿于石门"的话，后人就在山西平定附近石门的地方建立"子路止宿处"石碑；但汉代郑玄注："石门，鲁城外门也。"

② 指浙江绍兴城南会稽山麓的禹穴。

③ 文武周公墓，过去相传在陕西咸阳城西北。

④ 《洗冤录》：又名《洗冤集录》，宋代宋慈著，是一部关于检验尸体的书。

⑤ "非其鬼而祭之，谄也!"：出自《论语·为政》。宋代朱熹注："非其鬼，谓非其所当祭之鬼。"

玩　具

　　今年是儿童年①。我记得的，所以时常看看造给儿童的玩具。

　　马路旁边的洋货店里挂着零星小物件，纸上标明，是从法国运来的，但我在日本的玩具店看见一样的货色，只是价钱更便宜。在担子上，在小摊上，都卖着渐吹渐大的橡皮泡，上面打着一个印子道："完全国货"，可见是中国自己制造的了。然而日本孩子玩着的橡皮泡上，也有同样的印子，那却应该是他们自己制造的。

　　大公司里则有武器的玩具：指挥刀，机关枪，坦克车……然而，虽是有钱人家的小孩，拿着玩的也少见。公园里面，外国孩子聚沙成为圆堆，横插上两条短树干，这明明是在创造铁甲炮车了，而中国孩子是青白的，瘦瘦的脸，躲在大人的背后，羞怯的，惊异的看着，身上穿着一件斯文之极的长衫。

　　我们中国是大人用的玩具多：姨太太，鸦片枪，麻雀牌，《毛毛雨》，科学灵乩，金刚法会，还有别的，忙个不了，没有工夫想到孩子身上去了。虽是儿童年，虽是前年身历了战祸，也没有因此给儿童创出一种纪念的小玩意，一切都是照样抄。然则明年不是儿童年了，那情形就可想。

　　但是，江北人②却是制造玩具的天才。他们用两个长短不同的竹筒，染成红绿，连作一排，筒内藏一个弹簧，旁边有一个把手，摇起来就格格的响。这就是机关枪！也是我所见的唯

────────────

①　儿童年：一九三三年十月，中华慈幼协会曾根据上海儿童幸福委员会的提议，呈请国民党政府定一九三四年为儿童年。

②　江北人：这里的江北指江苏境内长江以北，淮河以南一带。

一的创作。我在租界边上买了一个，和孩子摇着在路上走，文明的西洋人和胜利的日本人看见了，大抵投给我们一个鄙夷或悲悯的苦笑。

　　然而我们摇着在路上走，毫不愧恧〔nǜ，惭愧〕，因为这是创作。前年以来，很有些人骂着江北人，好像非此不足以自显其高洁，现在沉默了，那高洁也就渺渺然，茫茫然。而江北人却创造了粗笨的机枪玩具，以坚强的自信和质朴的才能与文明的玩具争。他们，我以为是比从外国买了极新式的武器回来的人物，更其值得赞颂的，虽然也许又有人会因此给我一个鄙夷或悲悯的冷笑。

六月十一日。

　　＊本篇最初发表于一九三四年六月十四日《申报·自由谈》，署名宓子章。

零　食

　　出版界的现状，期刊多而专书少，使有心人发愁，小品多而大作少，又使有心人发愁。人而有心，真要"日坐愁城"了。

　　但是，这情形是由来已久的，现在不过略有变迁，更加显著而已。

　　上海的居民，原就喜欢吃零食。假使留心一听，则屋外叫卖零食者，总是"实繁有徒"①。桂花白糖伦教糕②，猪油白糖莲心粥，虾肉馄饨面，芝麻香蕉，南洋杶果，西路（暹罗）蜜橘，瓜子大王，还有蜜饯，橄榄，等等。只要胃口好，可以从早晨直吃到半夜，但胃口不好也不妨，因为这又不比肥鱼大肉，分量原是很少的。那功效，据说，是在消闲之中，得养生之益，而且味道好。

　　前几年的出版物，是有"养生之益"的零食，或曰"入门"，或曰"ABC"，或曰"概论"，总之是薄薄的一本，只要花钱数角，费时半点钟，便能明白一种科学，或全盘文学，或一种外国文。意思就是说，只要吃一包五香瓜子，便能使这人发荣滋长，抵得吃五年饭。试了几年，功效不显，于是很有些灰心了。一试验，如果有名无实，是往往不免灰心的，例如现在已经很少有人修仙或炼金，而代以洗温泉和买奖券，便是试验无效的结果。于是放松了"养生"这一面，偏到"味道好"那一面去了。自然，零食也还是零食。上海的居民，和零食是

125

其他散文汇编

---

　　①　"实繁有徒"：出自《尚书·仲虺之诰》，意思是这种人确实不少。
　　②　伦教糕：一种广东式糕点。

死也分拆不开的。

于是而出现了小品，但也并不是新花样。当老九章①生意兴隆的时候，就有过《笔记小说大观》之流，这是零食一大箱；待到老九章关门之后，自然也跟着成了一小撮。分量少了，为什么倒弄得闹闹嚷嚷，满城风雨的呢？我想，这是因为在担子上装起了篆字的和罗马字母合璧的年红电灯的招牌。

然而，虽然仍旧是零食，上海居民的感应力却比先前敏捷了，否则又何至于闹嚷嚷。但这也许正因为神经衰弱的缘故。假使如此，那么，零食的前途倒是可虑的。

六月十一日。

＊本篇最初发表于一九三四年六月十六日《申报·自由谈》，署名莫朕。

---

① 老九章：上海老九章绸缎庄，约在一八六〇年间开设。一九三四年二月因绸业衰落，股东退伙，宣告清算结束。后来又曾重新组织开设老九章公记绸缎庄。

看书琐记

　　高尔基很惊服巴尔札克小说里写对话的巧妙，以为并不描写人物的模样，却能使读者看了对话，便好像目睹了说话的那些人。（八月份《文学》内《我的文学修养》）

　　中国还没有那样好手段的小说家，但《水浒》和《红楼梦》的有些地方，是能使读者由说话看出人来的。其实，这也并非什么奇特的事情，在上海的弄堂里，租一间小房子住着的人，就时时可以体验到。他和周围的住户，是不一定见过面的，但只隔一层薄板壁，所以有些人家的眷属和客人的谈话，尤其是高声的谈话，都大略可以听到，久而久之，就知道那里有哪些人，而且仿佛觉得那些人是怎样的人了。

　　如果删除了不必要之点，只摘出各人的有特色的谈话来，我想，就可以使别人从谈话里推见每个说话的人物。但我并不是说，这就成了中国的巴尔札克。

　　作者用对话表现人物的时候，恐怕在他自己的心目中，是存在着这人物的模样的，于是传给读者，使读者的心目中也形成了这人物的模样。但读者所推见的人物，却并不一定和作者所设想的相同，巴尔札克的小胡须的清瘦老人，到了高尔基的头里，也许变了粗蛮壮大的络腮胡子。不过那性格，言动，一定有些类似，大致不差，恰如将法文翻成了俄文一样。要不然，文学这东西便没有普遍性了。

　　文学虽然有普遍性，但因读者的体验的不同而有变化，读者倘没有类似的体验，它也就失去了效力。譬如我们看《红楼梦》，从文字上推见了林黛玉这一个人，但须排除了梅博士的"黛玉葬花"照相的先入之见，另外想一个，那么，恐怕会想到剪头发，穿印度绸衫，清瘦，寂寞的摩登女郎；或者别的什么模样，我不能断定。但试去和三四十年前出版的《红楼梦图咏》之类里面的画像比一比罢，一定是截然两样的，那上面所画的，是那时的读者的心目中的林黛玉。

文学有普遍性，但有界限；也有较为永久的，但因读者的社会体验而生变化。北极的遏斯吉摩人和非洲腹地的黑人，我以为是不会懂得"林黛玉型"的；健全而合理的好社会中人，也将不能懂得，他们大约要比我们的听讲始皇焚书，黄巢杀人更其隔膜。一有变化，即非永久，说文学独有仙骨，是做梦的人们的梦话。

八月六日。

*本篇最初发表于一九三四年八月八日《申报·自由谈》，署名焉于。

看书琐记（二）

　　就在同时代，同国度里，说话也会彼此说不通的。

　　巴比塞有一篇很有意思的短篇小说，叫作《本国话和外国话》①，记的是法国的一个阔人家里招待了欧战中出生入死的三个兵，小姐出来招呼了，但无话可说，勉勉强强地说了几句，他们也无话可答，倒只觉坐在阔房间里，小心得骨头疼。直到溜回自己的"猪窠"里，他们这才遍身舒齐，有说有笑，并且在德国俘房里，由手势发现了说他们的"我们的话"的人。

　　因了这经验，有一个兵便模模糊糊地想："这世间有两个世界。一个是战争的世界。另一个是有着保险箱门一般的门，礼拜堂一般干净的厨房，漂亮的房子的世界。完全是另外的世界。另外的国度。那里面，住着古怪想头的外国人。"

　　那小姐后来就对一位绅士说的是："和他们是连话都谈不来的。好像他们和我们之间，是有着跳不过的深渊似的。"

　　其实，这也无须小姐和兵们是这样。就是我们——算作"封建余孽"或"买办"或别的什么而论都可以——和几乎同类的人，只要什么地方有些不同，又得心口如一，就往往免不了彼此无话可说。不过我们中国人是聪明的，有些人早已发明了一种万应灵药，就是"今天天气……哈哈哈！"倘是宴会，就只猜拳，不发议论。

　　这样看来，文学要普遍而且永久，恐怕实在有些艰难。"今天天气……哈哈哈！"虽然有些普遍，但能否永久，却很

---

　　① 巴比赛的《本国话和外国话》，曾由沈端先译为中文，载于一九三四年十月《社会月报》第一卷第五期。

可疑，而且也不大像文学。于是高超的文学家①便自己定了一条规则，将不懂他的"文学"的人们，都推出"人类"之外，以保持其普遍性。文学还有别的性，他是不肯说破的，因此也只好用这手段。然而这么一来，"文学"存在，"人"却不多了。

于是而据说文学愈高超，懂得的人就愈少，高超之极，那普遍性和永久性便只汇集于作者一个人。然而文学家却又悲哀起来，说是吐血了，这真是没有法子想。

八月六日。

＊本篇最初发表于一九三四年八月九日《申报·自由谈》，署名焉于。

---

① 高超的文学家：指梁实秋等人。

奇　怪

世界上有许多事实，不看记载，是天才也想不到的。非洲有一种土人，男女的避忌严得很，连女婿遇见丈母娘，也得伏在地上，而且还不够，必须将脸埋进土里去。这真是虽是我们礼义之邦的"男女七岁不同席"的古人，也万万比不上的。

这样看来，我们的古人对于分隔男女的设计，也还不免是低能儿；现在总跳不出古人的圈子，更是低能之至。不同泳，不同行，不同食，不同做电影，都只是"不同席"的演义。低能透顶的是还没有想到男女同吸着相通的空气，从这个男人的鼻孔里呼出来，又被那个女人从鼻孔里吸进去，淆乱乾坤，实在比海水只触着皮肤更为严重。对于这一个严重问题倘没有办法，男女的界限就永远分不清。

我想，这只好用"西法"了。西法虽非国粹，有时却能够帮助国粹的。例如无线电播音，是摩登的东西，但早晨有和尚念经，却不坏；汽车固然是洋货，坐着去打麻将，却总比坐绿呢大轿，好半天才到的打得多几圈。以此类推，防止男女同吸空气就可以用防毒面具，各背一个箱，将氧气由管子通到自己的鼻孔里，既免抛头露面，又兼防空演习，也就是"中学为体，西学为用"。凯末尔①将军治国以前的土耳其女人的面幕，这回可也万万比不上了。

假使现在有一个英国的斯惠夫德②似的人，做一部《格利

---

① 凯末尔（Kemal Atatürk，1881—1938）：今译基马尔，土耳其政治家，土耳其共和国第一任总统。

② 斯惠夫德：今译为斯威夫特（Jonathan Swift，1667—1745），他在长篇小说《格利佛游记》里，通过虚构的"小人国""大人国"等描写，讽刺英国上流社会。

佛游记》那样的讽刺的小说，说在二十世纪中，到了一个文明的国度，看见一群人在烧香拜龙，作法求雨，赏鉴"胖女"，禁杀乌龟；又一群人在正正经经地研究古代舞法，主张男女分途，以及女人的腿应该不许其露出。那么，远处，或是将来的人，恐怕大抵要以为这是作者贫嘴薄舌，随意捏造，以挖苦他所不满的人们的罢。

然而这的确是事实。倘没有这样的事实，大约无论怎样刻薄的天才作家也想不到的。幻想总不能怎样的出奇，所以人们看见了有些事，就有叫作"奇怪"这一句话。

八月十四日。

＊本篇最初发表于一九三四年八月十七日《中华日报·动向》，署名白道。

中秋二愿

前几天真是"悲喜交集"。刚过了国历的九一八，就是"夏历"的"中秋赏月"，还有"海宁观潮"。因为海宁，就又有人来讲"乾隆皇帝是海宁陈阁老的儿子"①了。这一个满洲"英明之主"，原来竟是中国人掉的包，好不阔气，而且福气。不折一兵，不费一矢，单靠生殖机关便革了命，真是绝顶便宜。

中国人是尊家族，尚血统的，但一面又喜欢和不相干的人们去攀亲，我真不知道是什么意思。从小以来，什么"乾隆是从我们汉人的陈家悄悄的抱去的"呀，"我们元朝是征服了欧洲的"呀之类，早听的耳朵里起茧了，不料到得现在，纸烟铺子的选举中国政界伟人投票，还是列成吉思汗为其中之一人；开发民智的报章，还在讲满洲的乾隆皇帝是陈阁老的儿子。

古时候，女人的确去和过番②；在演剧里，也有男人招为番邦的驸马，占了便宜，做得津津有味。就是近事，自然也还有拜侠客做干爷，给富翁当赘婿③，抖了起来的，不过这不能算是体面的事情。男子汉，大丈夫，还当别有所能，别有所志，自恃着智力和另外的体力。要不然，我真怕将来大家又大

---

① "乾隆皇帝是海宁陈阁老的儿子"：陈阁老即陈元龙（1652—1736），仕至文渊阁大学士。民间多有乾隆生父为陈的说法。

② 和过番：指汉族统治者出于政治需要而将宗室女子嫁于外族首领，叫"和亲"，民间说法为"和番"。

③ "拜侠客做干爷"指与上海帮会头目相勾结，拜他们做"干爷""师傅"的市侩文人。"给富翁当赘婿"，指邵洵文等人。邵妻为清末大官僚资本家盛宣怀的孙女。

说一通日本人是徐福①的子孙。

一愿：从此不再胡乱和别人去攀亲。

但竟有人给文学也攀起亲来了，他说女人的才力，会因与男性的肉体关系而受影响，并举欧洲的几个女作家，都有文人做情人来作证据。于是又有人来驳他，说这是弗洛伊特②说，不可靠。其实这并不是弗洛伊特说，他不至于忘记梭格拉第③太太全不懂哲学，托尔斯泰太太不会做文章这些反证的。况且世界文学史上，有多少中国所谓"父子作家""夫妇作家"那些"肉麻当有趣"的人物在里面？因为文学和梅毒不同，并无霉菌，决不会由性交传给对手的。至于有"诗人"在钓一个女人，先捧之为"女诗人"④，那是一种讨好的手段，并非他真传染给她了诗才。

二愿：从此眼光离开脐下三寸。　　　　九月二十五日。

　＊本篇最初发表于一九三四年九月二十八日《中华日报·动向》，署名白道。

　① 徐福：一作徐市，秦代方士。
　② 弗洛伊特：今译弗洛伊德（1856—1939），奥地利精神病学家，精神分析学说的创始人。
　③ 梭格拉第：今译苏格拉底（前469—前399）。
　④ "女诗人"：指虞岫云。当时上海大买办虞洽卿的孙女。

《看图识字》

　　凡一个人，即使到了中年以至暮年，倘一和孩子接近，便会踏进久经忘却了的孩子世界的边疆去，想到月亮怎么会跟着人走，星星究竟是怎么嵌在天空中。但孩子在他的世界里，是好像鱼之在水，游泳自如，忘其所以的，成人却有如人的凫水一样，虽然也觉到水的柔滑和清凉，不过总不免吃力，为难，非上陆不可了。

　　月亮和星星的情形，一时怎么讲得清楚呢，家境还不算精穷，当然还不如给一点所谓教育，首先是识字。上海有各国的人们，有各国的书铺，也有各国的儿童用书。但我们是中国人，要看中国书，识中国字。这样的书也有，虽然纸张，图画，色彩，印订，都远不及别国，但有是也有的。我到市上去，给孩子买来的是民国二十一年十一月印行的"国难后第六版"的《看图识字》。

　　先是那色彩就多么恶浊，但这且不管他。图画又多么死板，这且也不管他。出版处虽然是上海，然而奇怪，图上有蜡烛，有洋灯，却没有电灯；有朝靴，有三镶云头鞋，却没有皮鞋。跪着放枪的，一脚拖地；站着射箭的，两臂不平，他们将永远不能达到目的，更坏的是连钓竿，风车，布机之类，也和实物有些不同。

　　我轻轻地叹了一口气，记起幼小时候看过的《日用杂字》来。这是一本教育妇女婢仆，使她们能够记账的书，虽然名物的种类并不多，图画也很粗劣，然而很活泼，也很像。为什么呢？就因为作画的人，是熟悉他所画的东西的，一个萝卜，一只鸡，在他的记忆里并不含糊，画起来当然就切实。现在我们只要看《看图识字》里所画的生活状态——洗脸，吃饭，读书——就知道这是作者意中的读者，也是作者自己的生活状态，是在租界上租一层屋，装了全家，既不阔绰，也非精穷的，埋头苦干一日，才得维持生活一日的人，孩子得上学校，自己须穿长衫，用尽心神，撑住场面，又哪有余力去买参考书，观察事物，修炼本领呢？况且，那书的末页上还有一行道："戊申年七月初版"。查年表，才知道那就是清朝光绪三十四年，即西历一九〇八年，虽是前年新印，书却成于二十七年前，已是一部古籍了，其奄奄无生气，正也不足为奇的。

孩子是可以敬服的，他常常想到星月以上的境界，想到地面下的情形，想到花卉的用处，想到昆虫的言语；他想飞上天空，他想潜入蚁穴……所以给儿童看的图书就必须十分慎重，做起来也十分繁难。即如《看图识字》这两本小书，就天文，地理，人事，物情，无所不有。其实是，倘不是对于上至宇宙之大，下至苍蝇之微，都有些切实的知识的画家，决难胜任的。

然而我们是忘却了自己曾为孩子时候的情形了，将他们看作一个蠢材，什么都不放在眼里。即使因为时势所趋，只得施一点所谓教育，也以为只要付给蠢材去教就足够。于是他们长大起来，就真的成了蠢材，和我们一样了。

然而我们这些蠢材，却还在变本加厉的愚弄孩子。只要看近两三年的出版界，给"小学生"，"小朋友"看的刊物，特别的多就知道。中国突然出了这许多"儿童文学家"了么？我想：是并不然的。

五月三十日。

＊本篇最初发表于一九三四年七月一日北平《文学季刊》第三期，署名唐俟。

忆韦素园君①

    我也还有记忆的，但是，零落得很。我自己觉得我的记忆好像被刀刮过了的鱼鳞，有些还留在身体上，有些是掉在水里了，将水一搅，有几片还会翻腾，闪烁，然而中间混着血丝，连我自己也怕得因此污了赏鉴家的眼目。

    现在有几个朋友要纪念韦素园君，我也须说几句话。是的，我是有这义务的。我只好连身外的水也搅一下，看看泛起怎样的东西来。

    怕是十多年之前了罢，我在北京大学做讲师，有一天，在教师预备室里遇见了一个头发和胡子统统长得要命的青年，这就是李霁野。我得认识素园，大约就是霁野绍介的罢，然而我忘记了那时的情景。现在留在记忆里的。是他已经坐在客店的一间小房子里计划出版了。

    这一间小房子，就是未名社②。

    那时我正在编印两种小丛书，一种是《乌合丛书》，专收创作，一种是《未名丛刊》，专收翻译，都由北新书局出版。出版者和读者的不喜欢翻译书，那时和现在也并不两样，所以《未名丛刊》是特别冷落的。恰巧，素园他们愿意绍介外国文学到中国来，便和李小峰商量，要将《未名丛刊》移出，由

---

    ① 韦素园（1902—1932），安徽霍丘人，翻译家。译有果戈理的《外套》、柯罗连科的短篇小说集《最后的光芒》等。曾和鲁迅等人一起创办未名社。

    ② 未名社：文学团体，一九二五年秋成立于北京，主要成员有鲁迅、韦素园、曹靖华、李霁野、台静农等。先后出版过《莽原》半月刊等。

几个同人自办。小峰一口答应了，于是这一种丛书便和北新书局脱离。稿子是我们自己的，另筹了一笔印费，就算开始。因这丛书的名目，连社名也就叫了"未名"——但并非"没有名目"的意思，是"还没有名目"的意思，恰如孩子的"还未成丁"似的。

未名社的同人，实在并没有什么雄心和大志，但是，愿意切切实实的，点点滴滴的做下去的意志，却是大家一致的。而其中的骨干就是素园。

于是他坐在一间破小屋子，就是未名社里办事了，不过小半好像也因为他生着病，不能上学校去读书，因此便天然的轮着他守寨。

我最初的记忆是在这破寨里看见了素园，一个瘦小，精明，正经的青年，窗前的几排破旧外国书，在证明他穷着也还是钉住着文学。然而，我同时又有了一种坏印象，觉得和他是很难交往的，因为他笑影少。"笑影少"原是未名社同人的一种特色，不过素园显得最分明，一下子就能够令人感得。但到后来，我知道我的判断是错误了，和他也并不难于交往。他的不很笑，大约是因为年龄的不同，对我的一种特别态度罢，可惜我不能化为青年，使大家忘掉彼我，得到确证了。这真相，我想，霁野他们是知道的。

但待到我明白了我的误解之后，却同时又发现了一个他的致命伤：他太认真；虽然似乎沉静，然而他激烈。认真会是人的致命伤的么？至少，在那时以至现在，可以是的。一认真，便容易趋于激烈，发扬则送掉自己的命，沉静着，又啮〔niè，咬〕碎了自己的心。

这里有一点小例子。——我们是只有小例子的。

那时候，因为段祺瑞总理和他的帮闲们的迫压，我已经逃到厦门，但北京的狐虎之威还正是无穷无尽。段派的女子师范大学校长林素园，带兵接收学校去了，演过全副武行之后，还指留着的几个教员为"共产党"。这个名词，一向就给有些人以"办事"上的便利，而且这方法，也是一种老谱，本来并不稀罕的。但素园却好像激烈起来了，从此以后，他给我的信上，有好一晌竟憎恶"素园"两字而不用，改称为"漱园"。同时社内也发生了冲突，高长虹从上海寄信来，说素园压下了向培良的稿子，叫我讲一句话。我一声也不响。于是在《狂飙》上骂起来了，先骂素园，后是我。素园在北京压下了培良的稿子，却由上海的高长虹来抱不平，要在厦门的我去下判断，我颇觉得是出色的滑稽，而且一个团体，虽是小小的文学团体罢，每当光景艰难时，内部是一定有人起来捣乱的，这也并不稀罕。然而素园却很认真，他不但写信给我，叙述着详情，还作文登在杂志上剖白。在"天才"们的法庭上，别人剖白得清楚的么？——我不禁长长的叹了一口气，想到他只是一个文人，又生着病，却这么拚〔pīn，同拼〕命的对付着内忧外患，又怎么能够持久呢。自然，这仅仅是小忧患，但在认真而激烈的个人，却也相当的大的。

不久，未名社就被封，几个人还被捕。也许素园已经咯血，进了病院了罢，他不在内。但后来，被捕的释放，未名社也启封了，忽封忽启，忽捕忽放，我至今还不明白这是怎么的一个玩意。

我到广州，是第二年——一九二七年的秋初，仍旧陆续的接到他几封信，是在西山病院里，伏在枕头上写就的，因为医生不允许他起坐。他措辞更明显，思想也更清楚，更广大了，但也更使我担心他的病。有一天，我忽然接到一本书，是布面装订的素园翻译的《外套》①。我一看明白，就打了一个寒噤：这明明是他送给我的一个纪念品，莫非他已经自觉了生命的期限了么？

我不忍再翻阅这一本书，然而我没有法。

_____

① 《外套》：俄国作家果戈理所作中篇小说。

我因此记起，素园的一个好朋友也咯过血，一天竟对着素园咯起来，他慌张失措，用了爱和忧急的声音命令道："你不许再吐了！"我那时却记起了伊孛〔bèi，文中指挪威剧作家伊孛生（易卜生）〕生的《勃兰特》。他不是命令过去的人，从新起来，却并无这神力，只将自己埋在崩雪下面的么？……

　　我在空中看见了勃兰特和素园，但是我没有话。

　　一九二九年五月末，我最以为侥幸的是自己到西山病院去，和素园谈天。他为了日光浴，皮肤被晒得很黑了，精神却并不萎顿。我们和几个朋友都很高兴。但我在高兴中，又时时夹着悲哀：忽而想到他的爱人，已由他同意之后，和别人订了婚；忽而想到他竟连绍介外国文学给中国的一点志愿，也怕难于达到；忽而想到他在这里静卧着，不知道他自以为是在等候痊愈，还是等候灭亡；忽而想到他为什么要寄给我一本精装的《外套》？……

　　壁上还有一幅陀思妥也夫斯基的大画像。对于这先生，我是尊敬，佩服的，但我又恨他残酷到了冷静的文章。他布置了精神上的酷刑，一个个拉了不幸的人来，拷问给我们看。现在他用沉郁的眼光，凝视着素园和他的卧榻，好像在告诉我：这也是可以收在作品里的不幸的人。

　　自然，这不过是小不幸，但在素园个人，是相当的大的。

　　一九三二年八月一日晨五时半，素园终于病殁在北平同仁医院里了，一切计划，一切希望，也同归于尽。我所抱憾的是因为避祸，烧去了他的信札，我只能将一本《外套》当作唯一的纪念，永远放在自己的身边。

　　自素园病殁之后，转眼已是两年了，这其间，对于他，文坛上并没有人开口。这也不能算是稀罕的，他既非天才，也非豪杰，活的时候，既不过在默默中生存，死了之后，当然也只好在默默中泯没。但对于我们，却是值得纪念的青年，因为他在默默中支持了未名社。

　　未名社现在是几乎消灭了，那存在期，也并非长久。然而自素园经营以来，绍介了果戈理（N. Gogol），陀思妥也夫斯基（F. Dostoevsky），安特列夫（L. Andreev），绍介了望·蔼覃（F. van Eeden），绍介了爱伦堡（I. Ehrenburg）的《烟袋》和拉夫列涅夫（B. Lavrenev）的《四十一》。还印行了《未名新集》，其中有丛芜的《君山》，静农的《地之子》和《建塔者》，我的《朝花夕拾》，在那时候，也都还算是相当可看的作品。事实不为轻薄阴险小儿留情，曾几何年，他们就都已烟消火灭，然而未名社的译作，在文苑里却至今没有枯死的。

　　是的，但素园却并非天才，也非豪杰，当然更不是高楼的尖顶，或名园的美花，然而他是楼下的一块石材，园中的一撮泥土，在中国第一要他多。他不入于观赏者的眼中，只有建筑者和栽植者，决不会将他置之度外。

　　文人的遭殃，不在生前的被攻击和被冷落，一瞑之后，言行两亡，于是无聊之徒，谬托知己，是非蜂起，既以自衒，又以卖钱，连死尸也成了他们的沽名获利之具，这倒是值得悲哀的。现在我以这几千字纪念我所熟识的素园，但愿还没有营私肥己的处所，此外也别无话说了。

　　我不知道以后是否还有纪念的时候，倘止于这一次，那么，素园，从此别了！

　　　　　　　　　　一九三四年七月十六之夜，鲁迅记。

　　*本篇最初发表于一九三四年十月上海《文学》月刊第三卷第四号。

忆刘半农君

这是小峰出给我的一个题目。

这题目并不出得过分。半农去世,我是应该哀悼的,因为他也是我的老朋友。但是,这是十来年前的话了,现在呢,可难说得很。

我已经忘记了怎么和他初次会面,以及他怎么能到了北京。他到北京,恐怕是在《新青年》投稿之后,由蔡子〔jié,单独,孤单〕民先生或陈独秀先生去请来的,到了之后,当然更是《新青年》里的一个战士。他活泼,勇敢,很打了几次大仗。譬如罢,答王敬轩的双簧信①,"她"字和"牠"字的创造②,就都是的。这两件,现在看起来,自然是琐屑得很,但那是十多年前,单是提倡新式标点,就会有一大群人"若丧考妣"③,恨不得"食肉寝皮"④ 的时候,所以的确是"大仗"。现在的二十左右的青年,大约很少有人知道三十年前,单是剪下辫子就会坐牢或杀头的了。然而这曾经是事实。

但半农的活泼,有时颇近于草率,勇敢也有失之无谋的地方。但是,要商量袭击敌人的时候,他还是好伙伴,进行之

---

① 答王敬轩的双簧信:一九一八年年初,《新青年》由钱玄同化名"王敬轩",集中社会上反对新文化运动的论调,致信《新青年》,并由刘半农回信痛加批驳,两信同时发表,孰是孰非,一目了然。此举大大推动了新文学运动的发展,故称"大仗"。

② "她"字和"牠"字的创造:这两个当时没有的新字是刘半农在一九二○年六月发表的《她字问题》一文中建议采用的。

③ "若丧考妣":形容心痛得像死了亲爹娘一样。

④ "食肉寝皮":化自《左传·襄公二十一年》。要吃一个人的肉,并且拿他的皮当褥子垫,形容痛恨。

际，心口并不相应，或者暗暗的给你一刀，他是决不会的。倘若失了算，那是因为没有算好的缘故。

《新青年》每出一期，就开一次编辑会，商定下一期的稿件。其时最惹我注意的是陈独秀和胡适之。假如将韬略比作一间仓库罢，独秀先生的是外面竖一面大旗，大书道："内皆武器，来者小心！"但那门却开着的，里面有几支枪，几把刀，一目了然，用不着提防。适之先生的是紧紧的关着门，门上粘一条小纸条道："内无武器，请勿疑虑。"这自然可以是真的，但有些人——至少是我这样的人——有时总不免要侧着头想一想。半农却是令人不觉其有"武库"的一个人，所以我佩服陈胡，却亲近半农。

所谓亲近，不过是多谈闲天，一多谈，就露出了缺点。几乎有一年多，他没有消失掉从上海带来的才子必有"红袖添香夜读书"的艳福的思想，好容易才给我们骂掉了。但他好像到处都这么的乱说，使有些"学者"皱眉。有时候，连到《新青年》投稿都被排斥。他很勇于写稿，但试去看旧报去，很有几期是没有他的。那些人们批评他的为人，是：浅。

不错，半农确是浅。但他的浅，却如一条清溪，澄澈见底，纵有多少沉渣和腐草，也不掩其大体的清。倘使装的是烂泥，一时就看不出它的深浅来了；如果是烂泥的深渊呢，那就更不如浅一点的好。

但这些背后的批评，大约是很伤了半农的心的，他的到法国留学，我疑心大半就为此。我最懒于通信，从此我们就疏远起来了。他回来时，我才知道他在外国抄古书，后来也要标点《何典》①，我那时还以老朋友自居，在序文上说了几句老实话，事后，才知道半农颇不高兴了，"驷不及舌"②，也没有法

---

① 《何典》：清代张南庄（署名"过路人"）所撰章回体讽刺小说，共十回，以俗谚写成。

② "驷不及舌"：出自《论语·颜渊》，朱熹集注云："言出于舌，驷马不能追之。"意同"君子一言，驷马难追"。

其他散文汇编

子。另外还有一回关于《语丝》的彼此心照的不快活。五六年前，曾在上海的宴会上见过一回面，那时候，我们几乎已经无话可谈了。

近几年，半农渐渐的据了要津，我也渐渐的更将他忘却；但从报章上看见他禁称"蜜斯"①之类，却很起了反感：我以为这些事情是不必半农来做的。从去年来，又看见他不断的做打油诗，弄烂古文②，回想先前的交情，也往往不免长叹。我想，假如见面，而我还以老朋友自居，不给一个"今天天气……哈哈哈"完事，那就也许会弄到冲突的罢。

不过，半农的忠厚，是还使我感动的。我前年曾到北平，后来有人通知我，半农是要来看我的，有谁恐吓了他一下，不敢来了。这使我很惭愧，因为我到北平后，实在未曾有过访问半农的心思。

现在他死去了，我对于他的感情，和他生时也并无变化。我爱十年前的半农，而憎恶他的近几年。这憎恶是朋友的憎恶，因为我希望他常是十年前的半农，他的为战士，即使"浅"罢，却于中国更为有益。我愿以愤火照出他的战绩，免使一群陷沙鬼将他先前的光荣和死尸一同拖入烂泥的深渊。

八月一日。

＊本篇最初发表于一九三四年十月上海《青年界》月刊第六卷第三期。

---

① 禁称"蜜斯"：见一九三一年四月一日《世界日报》所载刘半农答记者谈话。刘以为应废弃学生间"带有奴性的"蜜斯称呼，而代之以国语中原有的姑娘、女士、小姐等。蜜斯，即英语 Miss，小姐、女士之意。

② 此指刘半农于一九三三年至一九三四年间发表于《论语》《人间世》等刊物的《桐花芝豆堂诗集》和《双凤凰砖斋小品文》等。

从孩子的照相说起

因为长久没有小孩子，曾有人说，这是我做人不好的报应，要绝种的。房东太太讨厌我的时候，就不准她的孩子们到我这里玩，叫作"给他冷清冷清，冷清得他要死！"但是，现在却有了一个孩子，虽然能不能养大也很难说，然而目下总算已经颇能说些话，发表他自己的意见了。不过不会说还好，一会说，就使我觉得他仿佛也是我的敌人。

他有时对于我很不满，有一回，当面对我说："我做起爸爸来，还要好……"甚而至于颇近于"反动"，曾经给我一个严厉地批评道："这种爸爸，什么爸爸！？"

我不相信他的话。做儿子时，以将来的好父亲自命，待到自己有了儿子的时候，先前的宣言早已忘得一干二净了。况且我自以为也不算怎么坏的父亲，虽然有时也要骂，甚至于打，其实是爱他的。所以他健康，活泼，顽皮，毫没有被压迫得瘟头瘟脑。如果真的是一个"什么爸爸"，他还敢当面发这样反动的宣言么？

但那健康和活泼，有时却也使他吃亏，九一八事件后，就被同胞误认为日本孩子，骂了好几回，还挨过一次打——自然是并不重的。这里还要加一句说的听的，都不十分舒服的话：近一年多以来，这样的事情可是一次也没有了。

中国和日本的小孩子，穿的如果都是洋服，普遍实在是很难分辨的。但我们这里的有些人，却有一种错误的速断法：温文尔雅，不大言笑，不大动弹的，是中国孩子；健壮活泼，不怕生人，大叫大跳的，是日本孩子。

然而奇怪，我曾在日本的照相馆里给他照过一张相，满脸顽皮，也真像日本孩子；后来又在中国的照相馆里照了一张相，相类的衣服，然而面貌很拘谨，驯良，是一个道地的中国孩子了。

为了这事，我曾经想了一想。

这不同的大原因，是在照相师的。他所指示的站或坐的姿势，两国的照相师先就不相同，站定之后，他就瞪了眼睛，顿机摄取他以为最好的一刹那的相貌。孩子被摆在照相机的镜头之下，表情是总在变化的，时而活泼，时而顽皮，时而驯良，时而拘谨，时而烦厌，时而疑惧，时而无畏，时而疲劳……照住了驯良和拘谨的一刹那的，是中国孩子相；照住了活泼或顽皮的一刹那的，就好像日本孩子相。

驯良之类并不是恶德。但发展开去，对一切事无不驯良，却决不是美德，也许简直倒是没出息。"爸爸"和前辈的话，固然也要听的，但也须说得有道理。假使有一个孩子，自以为事事都不如人，鞠躬倒退；或者满脸笑容，实际上却总是阴谋暗箭，我实在宁可听到当面骂我"什么东西"的爽快，而且希望他自己是一个东西。

但中国一般的趋势，却只在向驯良之类——"静"的一方面发展，低眉顺眼，唯唯诺诺，才算一个好孩子，名之曰"有趣"。活泼，健康，顽强，挺胸仰面……凡是属于"动"的，那就未免有人摇头了，甚至于称之为"洋气"。又因为多年受着侵略，就和这"洋气"为仇；更进一步，则故意和这"洋气"反一调：他们活动，我偏静坐；他们讲科学，我偏扶乩〔jī，占卜问疑〕；他们穿短衣，我偏着长衫；他们重卫生，我偏吃苍蝇；他们壮健，我偏生病……这才是保存中国固有文化，这才是爱国，这才不是奴隶性。

其实，由我看来，所谓"洋气"之中，有不少是优点，也是中国人性质中所本有的，但因了历朝的压抑，已经萎缩了下去，现在就连自己也莫名其妙，统统送给洋人了。这是必须拿它回来——恢复过来的——自然还得加一番慎重的选择。

即使并非中国所固有的罢，只要是优点，我们也应该学习。即使那老师是我们的仇敌罢，我们也应该向他学习。我在这里要提出现在大家所不高兴说的日本来，他的会模仿，少创造，是为中国的许多论者所鄙薄的，但是，只要看看他们的出版物和工业品，早非中国所及，就知道"会模仿"决不是劣点，我们正应该学习这"会模仿"的。"会模仿"又加以有创造，不是更好么？否则，只不过是一个"恨恨而死"①而已。

我在这里还要附一句像是多余的声明：我相信自己的主张，决不是"受了帝国主义者的指使"，要诱中国人做奴才；而满口爱国，满身国粹，也于实际上的做奴才并无妨碍。

八月七日。

＊本篇最初发表于一九三四年八月二十日《新语林》半月刊第四期，署名孺牛。

---

① "恨恨而死"：指一味愤恨不平而不去进行实际的改革工作。

运　命

有一天，我坐在内山书店里闲谈——我是常到内山书店去闲谈的，我的可怜的敌对的"文学家"，还曾经借此竭力给我一个"汉奸"的称号，可惜现在他们又不坚持了——才知道日本的丙午年生，今年二十九岁的女性，是一群十分不幸的人。大家相信丙午年生的女人要克夫，即使再嫁，也还要克，而且可以多至五六个，所以想结婚是很困难的。这自然是一种迷信，但日本社会上的迷信也还是真不少。

我问：可有方法解除这夙〔sù，早，素有的〕命呢？回答是：没有。

接着我就想到了中国。

许多外国的中国研究家，都说中国人是定命论者，命中注定，无可奈何；就是中国的论者，现在也有些人这样说。但据我所知道，中国女性就没有这样无法解除的运命。"命凶"或"命硬"，是有的，但总有法子想，就是所谓"禳〔ráng，祈祷消除灾殃〕解"；或者和不怕相克的命的男子结婚，制住她的"凶"或"硬"。假如有一种命，说是要连克五六个丈夫的罢，那就早有道士之类出场，自称知道妙法，用桃木刻成五六个男人，画上符咒，和这命的女人一同行"结俪之礼"后，烧掉或埋掉，于是真来订婚的丈夫，就算是第七个，毫无危险了。

中国人的确相信运命，但这运命是有方法转移的。所谓"没有法子"，有时也就是一种另想道路——转移运命的方法。等到确信这是"运命"，真真"没有法子"的时候，那是在事实上已经十足碰壁，或者恰要灭亡之际了。运命并不是中国人的事前的指导，乃是事后的一种不费心思的解释。

中国人自然有迷信，也有"信"，但好像很少"坚信"。

我们先前最尊皇帝，但一面想玩弄他，也尊后妃，但一面又有些想吊她的膀子；畏神明，而又烧纸钱作贿赂，佩服豪杰，却不肯为他作牺牲。崇孔的名儒，一面拜佛，信甲的战士，明天信丁。宗教战争是向来没有的，从北魏到唐末的佛道二教的此仆彼起，是只靠几个人在皇帝耳朵边的甘言蜜语。风水，符咒，拜祷……偌大的"运命"，只要化一批钱或磕几个头，就改换得和注定的一笔大不相同了——就是并不注定。

我们的先哲，也有知道"定命"有这么的不定，是不足以定人心的，于是他说，这用种种方法之后所得的结果，就是真的"定命"，而且连必须用种种方法，也是命中注定的。但看起一般的人们来，却似乎并不这样想。

人而没有"坚信"，狐狐疑疑，也许并不是好事情，因为这也就是所谓"无特操"。但我以为信运命的中国人而又相信运命可以转移，却是值得乐观的。不过现在为止，是在用迷信来转移别的迷信，所以归根结蒂，并无相同，以后倘能用正当的道理和实行——科学来替换了这迷信，那么，定命论的思想，也就和中国人离开了。

假如真有这一日，则和尚，道士，巫师，星相家，风水先生……的宝座，就都让给了科学家，我们也不必整年的见神见鬼了。

十月二十三日。

＊本篇最初发表于一九三四年十一月二十日《太白》半月刊第一卷第五期，署名公汗。

其他散文汇编

拿破仑与隋那①

我认识一个医生，忙的，但也常受病家的攻击，有一回，自解自叹到：要得称赞，最好是杀人，你把拿破仑和隋那（Edward Jenner，1749—1823）去比比看……

我想，这是真的。拿破仑的战绩，和我们什么相干呢，我们却总敬服他的英雄。甚而至于自己的祖宗做了蒙古人的奴隶，我们却还恭维成吉思汗；从现在的卐②字眼睛看来，黄人已经是劣种了，我们却还夸耀希特拉。

因为他们三个，都是杀人不眨眼的大灾星。

但我们看看自己的臂膊，大抵总有几个疤，这就是种过牛痘的痕迹，是使我们脱离了天花的危症的。自从有这种牛痘法以来，在世界上真不知救活了多少孩子，——虽然有些人大起来也还是去给英雄们做炮灰，但我们有谁记得这发明者隋那的名字呢？

杀人者在毁坏世界，救人者在修补它，而炮灰资格的诸公，却总在恭维杀人者。

这看法倘不改变，我想，世界是还要毁坏，人们也还要吃苦的。

十一月六日。

＊本篇最初印入上海生活书店编辑出版的一九三五年《文艺日记》。

---

① 隋那：今译琴纳（1749—1823），一作詹纳。英国医生。通过实验证实患过牛痘的人不再患天花后，于一七九六年第一次成功给人接种牛痘。著有《接种牛痘的原因和效果的调查》。

② 卐：此处指德国纳粹党党徽。

病后杂谈

一

生一点病，的确也是一种福气。不过这里有两个必要条件：一要病是小病，并非什么霍乱吐泻，黑死病，或脑膜炎之类；二要至少手头有一点现款，不至于躺一天，就饿一天。这二者缺一，便是俗人，不足与言生病之雅趣的。

我曾经爱管闲事，知道过许多人，这些人物，都怀着一个大愿。大愿，原是每个人都有的，不过有些人却模模糊糊，自己抓不住，说不出。他们中最特别的有两位：一位是愿天下的人都死掉，只剩下他自己和一个好看的姑娘，还有一个卖大饼的；另一位是愿秋天薄暮，吐半口血，两个侍儿扶着，恹恹地到阶前去看秋海棠。这种志向，一看好像离奇，其实却照顾得很周到。第一位姑且不谈他罢，第二位的"吐半口血"，就有很大的道理。才子本来多病，但要"多"，就不能重，假使一吐就是一碗或几升，一个人的血，能有几回好吐呢？过不几天，就雅不下去了。

我一向很少生病，上月却生了一点点。开初是每晚发热，没有力，不想吃东西，一礼拜不肯好，只得看医生。医生说是流行性感冒。好罢，就是流行性感冒。但过了流行性感冒一定退热的时期，我的热却还不退。医生从他那大皮包里取出玻璃管来，要取我的血液，我知道他在疑心我生伤寒病了，自己也有些发愁。然而他第二天对我说，血里没有一粒伤寒菌；于是注意的听肺，平常；听心，上等。这似乎很使他为难。我说，也许是疲劳罢；他也不甚反对，只是沉吟着说，但是疲劳的发热，还应该低一点。……

好几回检查了全体，没有死症，不至于呜呼哀哉是明明白白的，不过是每晚发热，没有力，不想吃东西而已，这真无异于"吐半口血"，大可享生病之福了。因为既不必写遗嘱，又没有大痛苦，然而可以不看正经书，不管柴米账，玩他几天，名称又好听，叫作"养病"。从这一天起，我就自己觉得好像有点儿"雅"了；那一位愿吐半口血的才子，也就是那时躺着无事，忽然记了起来的。

光是胡思乱想也不是事，不如看点不劳精神的书，要不然，也不称其为"养病"。像这样的时候，我赞成中国纸的线装书，这也就是有点儿"雅"起来了的证据。洋装书便于插架，便于保存，现在不但有洋装二十五六史，连《四部备要》也硬领而皮靴了，——原是不为无见的。但看洋装书要年富力强，正襟危坐，有严肃的态度。假使你躺着看，那就好像两只手捧着一块大砖头，不多工夫，就两臂酸麻，只好叹一口气，将它放下。所以，我在叹气之后，就去寻线装书。

一寻，寻到了久不见面的《世说新语》之类一大堆，躺着来看，轻飘飘的毫不费力了，魏晋人的豪放潇洒的风姿，也仿佛在眼前浮动。由此想到阮嗣〔sì，形声〕宗的听到步兵厨善于酿酒，就求为步兵校尉；陶渊明的做了彭泽令，就教官田都种秫，以便做酒，因了太太的抗议，这才种了一点秔。这真是天趣盎然，绝非现在的"站在云端里呐喊"者们所能望其项背。但是，"雅"要想到适可而止，再想便不行。例如阮嗣宗可以求做步兵校尉，陶渊明补了彭泽令，他们的地位，就不是一个平常人，要"雅"，也还是要地位。"采菊东篱下，悠然见南山"是渊明的好句，但我们在上海学起来可就难了。没有南山，我们还可以改作"悠然见洋房"或"悠然见烟囱"的，然而要租一所院子里有点竹篱，可以种菊的房子，租钱就每月总得一百两，水电在外；巡捕捐按房租百分之十四，每月十四两。单是这两项，每月就是一百十四两，每两作一元四角算，等于一百五十九元六。近来的文稿又不值钱，每千字最低的只有四五角，因为是学陶渊明的雅人的稿子，现在算他每千字三大元罢，但标点，洋文，空白除外。那么，单单为了采菊，他就得每月译作净五万三千二百字。吃饭呢？要另外想法子生发，否则，他只好"饥来驱我去，不知竟何之"了。

"雅"要地位，也要钱，古今并不两样的，但古代的买雅，自然比现在便宜；办法也并不两样，书要摆在书架上，或者抛几本在地板上，酒杯要摆在桌子上，但算盘却要收在抽屉里，或者最好是在肚子里。

此之谓"空灵"。

二

为了"雅"，本来不想说这些话的。后来一想，这于"雅"并无伤，不过是在证明我自己的"俗"。王夷甫[①]口不言钱，还是一个不干不净人物，雅人打算盘，当然也无损其为雅人。不过他应该有时收起算盘，或者最妙是暂时忘却算盘，那么，那时的一言一笑，就都是灵机天成的一言一笑，如果念念不忘世间的利害，那可就成为"杭育杭育派"了。这关键，只在一者能够忽而放开，一者却是永远执着，因此也就大有了雅俗和高下之分。我想，这和时而"敦伦"者不失为圣贤，连白天也在想女人的就要被称为"登徒子"的道理，大概是

其他散文汇编

---

① 王夷甫（256—311）：名衍，晋代琅琊临沂（今属山东）人。

一样的。

所以我恐怕只好自己承认"俗",因为随手翻了一通《世说新语》,看过"姒〔jū,中国古代南方少数民族称鱼〕隅跃清池"的时候,千不该万不该的竟从"养病"想到"养病费"上去了,于是一骨碌爬起来,写信讨版税,催稿费。写完之后,觉得和魏晋人有点隔膜,自己想,假使此刻有阮嗣宗或陶渊明在面前出现,我们也一定谈不来的。于是另换了几本书,大抵是明末清初的野史,时代较近,看起来也许较有趣味。第一本拿在手里的是《蜀碧》。

这是蜀宾从成都带来送我的,还有一部《蜀龟鉴》①,都是讲张献忠祸蜀的书,其实是不但四川人,而是凡有中国人都该翻一下的著作,可惜刻得太坏,错字颇不少。翻了一遍,在卷三里看见了这样的一条——

> "又,剥皮者,从头至尻,一缕裂之,张于前,如鸟展翅,率逾日始绝。有即毙者,行刑之人坐死。"

也还是为了自己生病的缘故罢,这时就想到了人体解剖。医术和虐刑,是都要生理学和解剖学智识的。中国却怪得很,固有的医书上的人身五脏图,真是草率错误到见不得人,但虐刑的方法,则往往好像古人早懂得了现代的科学。例如罢,谁都知道从周到汉,有一种施于男子的"宫刑",也叫"腐刑",次于"大辟"一等。对于女性就叫"幽闭",向来不大有人提起那方法,但总之,是绝非将她关起来,或者将它缝起来。近时好像被我查出一点大概来了,那办法的凶恶,妥当,而又合乎解剖学,真使我不得不吃惊。但妇科的医书呢?几乎都不明白女性下半身的解剖学的构造,他们只将肚子看作一个大口袋,里面装着莫名其妙的东西。

---

① 《蜀龟鉴》:清代刘景伯著,内容杂录明季遗闻,与《蜀碧》相似。

单说剥皮法，中国就有种种。上面所抄的是张献忠式；还有孙可望①式，见于屈大均的《安龙逸史》②，也是这回在病中翻到的。其时是永历六年，即清顺治九年，永历帝已经躲在安隆（那时改为安龙），秦王孙可望杀了陈邦传父子，御史李如月就弹劾〔hé，揭发罪状〕他"擅杀勋将，无人臣礼"，皇帝反打了如月四十板，可是事情还不能完，又给孙党张应科知道了，就去报告了孙可望。

"可望得应科报，即令应科杀如月，剥皮示众。俄缚如月至朝门，有负石灰一筐，稻草一捆，置于其前。如月问，'如何用此?'其人曰，'是揎你的草!'如月叱曰，'瞎奴！此株株是文章，节节是忠肠也!'既而应科立右角门阶，捧可望令旨，喝如月跪。如月叱曰，'我是朝廷命官，岂跪贼令!?'乃步至中门，向阙再拜。……应科促令仆地，剖脊，及臀，如月大呼曰：'死得快活，浑身清凉!'又呼可望名，大骂不绝。及断至手足，转前胸，犹微声恨骂；至颈绝而死。随以灰渍之，绉以线，后乃入草，移北城门通衢〔qú，大路，四通八达的道路〕阁上，悬之。……"

张献忠的自然是"流贼"式；孙可望虽然也是流贼出身，但这时已是保明拒清的柱石，封为秦王，后来降了满洲，还是封为义王，所以他所用的其实是官式。明初，永乐皇帝剥了那忠于建文帝的景清③的皮，也就是用这方法的。大明一朝，以剥皮始，以剥皮终，可谓始终不变；至今在绍兴戏文里和乡下人的嘴上，还偶然可以听到"剥皮揎草"的话，那皇泽之长

---

① 孙可望（？—1660）：陕西米脂人，张献忠的养子及部将。

② 《安龙逸史》：清朝禁毁书籍之一，作者署名沧洲渔隐。

③ 景清：明代真宁（今甘肃正宁）人，建文帝（朱允炆）时官御史大夫。

也就可想而知了。

　　真也无怪有些慈悲心肠人不愿意看野史，听故事；有些事情，真也不像人世，要令人毛骨悚然，心里受伤，永不痊愈的。残酷的事实尽有，最好莫如不闻，这才可以保全性灵，也是"是以君子远庖厨也"的意思。比灭亡略早的晚明名家的潇洒小品在现在的盛行，实在也不能说是无缘无故。不过这一种心地晶莹的雅致，又必须有一种好境遇，李如月仆地"剖脊"，脸孔向下，原是一个看书的好姿势，但如果这时给他看袁中郎的《广庄》，我想他是一定不要看的。这时他的性灵有些儿不对，不懂得真文艺了。

　　然而，中国的士大夫是到底有点雅气的，例如李如月说的"株株是文章，节节是忠肠"，就很富于诗趣。临死做诗的，古今来也不知道有多少。直到近代，谭嗣同在临刑之前就做一绝"闭门投辖思张俭"，秋瑾女士也有一句"秋雨秋风愁杀人"，然而还雅得不够格，所以各种诗选里都不载，也不能卖钱。

三

　　清朝有灭族，有凌迟，却没有剥皮之刑，这是汉人应该惭愧的，但后来脍炙人口的虐政是文字狱。虽说文字狱，其实还含着许多复杂的原因，在这里不能细说；我们现在还直接受到流毒的，是他删改了许多古人的著作的字句，禁了许多明清人的书。

　　《安龙逸史》大约也是一种禁书，我所得的是吴兴刘氏嘉业堂的新刻本。他刻的前清禁书还不止这一种，屈大均的又有

《翁山文外》；还有蔡显的《闲渔闲闲录》①，是作者因此"斩立决"，还累及门生的，但我细看了一遍，却又寻不出什么忌讳。对于这种刻书家，我是很感激的，因为他传授给我许多知识——虽然从雅人看来，只是些庸俗不堪的知识。但是到嘉业堂去买书，可真难。我还记得，今年春天的一个下午，好容易在爱文义路找着了，两扇大铁门，叩了几下，门上开了一个小方洞，里面有中国门房，中国巡捕，白俄镖师各一位。巡捕问我来干什么的。我说买书。他说账房出去了，没有人管，明天再来罢。我告诉他我住得远，可能给我等一会呢？他说，不成！同时也堵住了那个小方洞。过了两天，我又去了，改作上午，以为此时账房也许不至于出去。但这回所得回答却更其绝望，巡捕曰："书都没有了！卖完了！不卖了！"

我就没有第三次再去买，因为实在回复得斩钉截铁。现在所有的几种，是托朋友去辗转买来的，好像必须是熟人或走熟的书店，这才买得到。

每种书的末尾，都有嘉业堂主人刘承干先生的跋文，他对于明季的遗老很有同情，对于清初的文祸也颇不满。但奇怪的是他自己的文章却满是前清遗老的口风；书是民国刻的，"仪"字还缺着末笔。我想，试看明朝遗老的著作，反抗清朝的主旨，是在异族的入主中夏的，改换朝代，倒还在其次。所以要顶礼明末的遗民，必须接受他的民族思想，这才可以心心相印。现在以明遗老之仇的满清的遗老自居，却又引明遗老为同调，只着重在"遗老"两个字，而毫不问遗于何族，遗在何时，这真可以说是"为遗老而遗老"，和现在文坛上的"为

---

① 蔡显（约1697—1767），字笠夫，江苏华亭（今上海松江）人。《闲渔闲闲录》，是一部杂录朝典、时事、诗句的杂记，刘氏嘉业堂刻本于一九一五年印行。

艺术而艺术"，成为一副绝好的对子了。

　　倘以为这是因为"食古不化"的缘故，那可也并不然。中国的士大夫，该化的时候，就未必决不化。就如上面说过的《蜀龟鉴》，原是一部笔法都仿《春秋》的书，但写到"圣祖仁皇帝康熙元年春正月"，就有"赞"道："……明季之乱甚矣！风终《豳》，雅终《召旻》，托乱极思治之隐忧而无其实事，孰若于臣祖亲见之，臣身亲被之乎？是终以元年正月。终者，非徒谓体元表正，蔑以加兹；生逢盛世，荡荡难名，一以寄没世不忘之恩，一以见太平之业所由始耳！"

　　《春秋》上是没有这种笔法的。满洲的肃王的一箭，不但射死了张献忠，也感化了许多读书人，而且改变了"春秋笔法"了。

四

　　病中来看这些书，归根结蒂，也还是令人气闷。但又开始知道了有些聪明的士大夫，依然会从血泊里寻出闲适来。例如《蜀碧》，总可以说是够惨的书了，然而序文后面却刻着一位乐斋先生的批语道："古穆有魏晋间人笔意。"

　　这真是天大的本领！那死似的镇静，又将我的气闷打破了。

　　我放下书，合了眼睛，躺着想想学这本领的方法，以为这和"君子远庖厨也"的法子是大两样的，因为这时是君子自己也亲到了庖厨里。冥想的结果，拟定了两手太极拳。一、是不对于世事要"浮光掠影"，随时忘却，不甚了然，仿佛有些关心，却又并不恳切；二、是对于现实要"蔽聪塞明"，麻木冷静，不受感触，先由努力，后成自然。第一种的名称不大好听，第二种却也是却病延年的要诀，连古之儒者也并不讳言的。这都是大道，还有一种轻捷的小道，是：彼此说谎，自欺欺人。

有些事情，换一句话说就不大合式，所以君子憎恶俗人的"道破"。其实，"君子远庖厨也"就是自欺欺人的办法：君子非吃牛肉不可，然而他慈悲，不忍见牛临死的觳觫〔hú sù，恐惧颤抖的样子〕，于是走开，等到烧成牛排，然后慢慢的来咀嚼。牛排是决不会"觳觫"的了，也就和慈悲不再有冲突，于是他心安理得，天趣盎然，剔剔牙齿，摸摸肚子，"万物皆备于我矣"了。彼此说谎也决不是伤雅的事情，东坡先生在黄州，有客来，就要客谈鬼，客说没有，东坡道："姑妄言之!"至今还算是一件韵事。

撒一点小谎，可以解无聊，也可以消闷气；到后来，忘却了真，相信了谎。也就心安理得，天趣盎然了起来。永乐的硬做皇帝，一部分士大夫是颇以为不大好的。尤其是对于他的惨杀建文的忠臣。和景清一同被杀的还有铁铉，景清剥皮，铁铉油炸，他的两个女儿则发付了教坊，叫她们做婊子。这更使士大夫不舒服，但有人说，后来二女献诗于原问官，被永乐所知，赦出，嫁给士人了。

这真是"曲终奏雅"，令人如释重负，觉得天皇毕竟圣明，好人也终于得救。她虽然做过官妓，然而究竟是一位能诗的才女，她父亲又是大忠臣，为夫的士人，当然也不算辱没。但是，必须"浮光掠影"到这里为止，想不得下去。一想，就要想到永乐的上谕，有些是凶残猥亵，将张献忠祭梓潼神的"咱老子姓张，你也姓张，咱老子和你联了宗罢。尚飨!"名文，和他的比起来，真是高华典雅，配登西洋的上等杂志，那就会觉得永乐皇帝决不像一位爱才怜弱的明君。况且那时的教坊是怎样的处所？罪人的妻女在那里是并非静候嫖客的，据永乐定法，还要她们"转营"，这就是每座兵营里都去几天，目的是在使她们为多数男性所凌辱，生出"小龟子"和"淫贱材儿"来！所以，现在成了问题的"守节"，在那时，其实是只准"良民"专利的特典。在这样的治下，这样的地狱里，作一首诗就能超生的么？

我这回从杭世骏①的《订讹类编》（续补卷上）里，这才确切地知道了这佳话的欺骗。他说：

> "……考铁长女诗，乃吴人范昌期《题老妓卷》作也。诗云：'教坊落籍洗铅华，一片春心对落花。旧曲听来空有恨，故园归去却无家。云鬟半亸临青镜，雨泪频弹湿绛纱。安得江州司马在，尊前重为赋琵琶。'昌期，字鸣凤；诗见张士瀹〔yuè，浸渍；疏导〕《国朝文纂》②。同时杜琼用嘉亦有次韵诗，题曰《无题》，则其非铁氏作明矣。次女诗所谓'春来雨露深如海，嫁得刘郎胜阮郎'，其论尤为不伦。宗正睦樫论革除事，谓建文流落西南诸诗，皆好事伪作，则铁女之诗可知。……"

《国朝文纂》我没有见过，铁氏次女的诗，杭世骏也并未寻出根底，但我以为他的话是可信的，——虽然他败坏了口口相传的韵事。况且一则他也是一个认真的考证学者，二则我觉得凡是得到大煞风景的结果的考证，往往比表面说得好听，玩得有趣的东西近真。

首先将范昌期的诗嫁给铁氏长女，聊以自欺欺人的是谁呢？我也不知道。但"浮光掠影"的一看，倒也罢了，一经杭世骏道破，再去看时，就很明白的知道了确是咏老妓之作，那第一句就不像现任官妓的口吻。不过中国的有一些士大夫，

---

① 杭世骏（1696—1773）：字大宗，浙江仁和（今余杭）人，清代考据家。著有《订讹类编》《道古堂诗文集》等。

② 《国朝文纂》：明代诗文的汇编。

总爱无中生有，移花接木的造出故事来，他们不但歌颂升平，还粉饰黑暗。关于铁氏二女的撒谎，尚其小焉者耳，大至胡元杀掠，满清焚屠之际，也还会有人单单捧出什么烈女绝命，难妇题壁的诗词来，这个艳传，那个步韵，比对于华屋丘墟，生民涂炭之惨的大事情还起劲。到底是刻了一本集，连自己们都附进去，而韵事也就完结了。

我在写着这些的时候，病是要算已经好了的了，用不着写遗书。但我想在这里趁便拜托我的相识的朋友，将来我死掉之后，即使在中国还有追悼的可能，也千万不要给我开追悼会或者出什么纪念册。因为这不过是活人的讲演或挽联的斗法场，为了造语惊人，对仗工稳起见，有些文豪们是简直不恤于胡说八道的。结果至多也不过印成一本书，即使有谁看了，于我死人，于读者活人，都无益处，就是对于作者，其实也并无益处，挽联做得好，不过挽联做得好而已。

现在的意见，我以为倘有购买那些纸墨白布的闲钱，还不如选几部明人，清人或今人的野史或笔记来印印，倒是于大家很有益处的。但是要认真，用点功夫，标点不要错。

十二月十一日。

＊本篇第一节最初发表于一九三五年二月《文学》月刊第四卷第二号，其他三节都被国民党检查官删去，参看本书《附记》。

病后杂谈之余

——关于"舒愤懑"

—

我常说明朝永乐皇帝的凶残，远在张献忠之上，是受了宋端仪的《立斋闲录》① 的影响的。那时我还是满洲治下的一个拖着辫子的十四五岁的少年，但已经看过记载张献忠怎样屠杀蜀人的《蜀碧》，痛恨着这"流贼"的凶残。后来又偶然在破书堆里发见了一本不全的《立斋闲录》，还是明抄本，我就在那书上看见了永乐的上谕，于是我的憎恨就移到永乐身上去了。

那时我毫无什么历史知识，这憎恨转移的原因是极简单的，只以为流贼尚可，皇帝却不该，还是"礼不下庶人"的传统思想。至于《立斋闲录》，好像是一部少见的书，作者是明人，而明朝已有抄本，那刻本之少就可想。记得《汇刻书目》② 说是在明代的一部什么丛书中，但这丛书我至今没有见；清《四库全书总目提要》将它放在"存目"里，那么，《四库全书》里也是没有的，我家并不是藏书家，我真不解怎么会有这明抄本。这书我一直保存着，直到十多年前，因为肚子饿得慌了，才和别的两本明抄和一部明刻的《宫闱秘典》③

① 宋端仪，字孔时，福建莆田人，明成化时进士。著有《考亭渊源录》《方斋闲录》等。《立斋闲录》是依据明人的碑志和说部杂录的笔记。

② 《汇刻书目》：清代王懿荣编，是各种丛书的详细书目，共收丛书五百六十余种。

③ 《宫闱秘典》：明代刘若愚著，写明末太监魏忠贤专权时的宫廷内幕。

去卖给以藏书家和学者出名的傅某①，他使我跑了三四趟之后，才说一总给我八块钱，我赌气不卖，抱回来了，又藏在北平的寓里；但久已没有人照管，不知道现在究竟怎样了。

那一本书，还是四十年前看的，对于永乐的憎恨虽然还在，书的内容却早已模模糊糊，所以在前几天写《病后杂谈》时，举不出一句永乐上谕的实例。我也很想看一看《永乐实录》②，但在上海又如何能够；来青阁有残本在寄售，十本，实价却是一百六十元，也决不是我辈书架上的书。又是一个偶然：昨天在《安徽丛书》第三集中看见了清俞正燮〔xiè，谐和，调和〕③（1775—1840）《癸巳类稿》的改定本，那《除乐户丐户籍及女乐考附古事》里，却引有永乐皇帝的上谕，是根据王世贞④《弇州史料》中的《南京法司所记》的，虽然不多，又未必是精粹，但也足够"略见一斑"，和献忠流贼的作品相比较了。摘录于下——

"永乐十一年正月十一日，教坊司于右顺门口奏：齐泰姊及外甥媳妇，又黄子澄妹四个妇人，每一日一夜，二十余条汉子看守着，年少的都有身孕，除生子令做小龟子，又有三岁女子，奏请圣旨。奉钦依：由他。不的到长大便是个淫贱材儿？"

"铁铉妻杨氏年三十五，送教坊司；茅大芳妻张氏年五十六，送教坊司。张氏病故，教坊司安政于奉天门奏。奉圣旨：分付上元县抬出门去，着狗吃了！钦此！"

君臣之间的问答，竟是这等口吻，不见旧记，恐怕是万想

---

① 傅某：指傅增湘（1872—1949），字沅叔，四川江安人，藏书家。曾任北洋政府教育总长。著有《藏园群书题记》等。

② 《永乐实录》：明代杨士奇等编纂。

③ 俞正燮（1775—1840）：字理初，安徽黟县人，清代学者。著有《癸巳类稿》《癸巳存稿》《四养斋诗稿》等。内容涉及考订经、史以至小说、医学的杂记。

④ 王世贞（1526—1590）：字元美，号凤洲，别号弇州山人，太仓（今属江苏）人，明代文学家。著有《弇州山人四部稿》《弇山堂别集》等。

不到的罢。但其实，这也仅仅是一时的一例。自有历史以来，中国人是一向被同族和异族屠戮，奴隶，敲掠，刑辱，压迫下来的，非人类所能忍受的楚毒，也都身受过，每一考查，真教人觉得不像活在人间。俞正燮看过野史，正是一个因此觉得义愤填膺的人，所以他在记载清朝的解放惰民丐户，罢教坊，停女乐①的故事之后，作一结语道——

> "自三代至明，惟宇文周武帝，唐高祖，后晋高祖，金，元，及明景帝，于法宽假之，而尚存其旧。余皆视为固然。本朝尽去其籍，而天地为之廓〔kuò，扩大〕清矣。汉儒歌颂朝廷功德，自云'舒愤懑'，除乐户之事，诚可云舒愤懑者：故列古语琐事之实，有关因革者如此。"

这一段结语，有两事使我吃惊。第一事，是宽假奴隶的皇帝中，汉人居很少数。但我疑心俞正燮还是考之未详，例如金，元，是并非厚待奴隶的，只因那时连中国的蓄奴的主人也成了奴隶，从征服者看来，并无高下，即所谓"一视同仁"，于是就好像对于先前的奴隶加以宽假了。第二事，就是这自有历史以来的虐政，竟必待满洲的清才来廓清，使考史的儒生，为之拍案称快，自比于汉儒的"舒愤懑"——就是明末清初的才子们之所谓"不亦快哉！"然而解放乐户却是真的，但又并未"廓清"，例如绍兴的惰民，直到民国革命之初，他们还是不与良民通婚，去给大户服役，不过已有报酬，这一点，恐怕是和解放之前大不相同的了。革命之后，我久不回到绍兴去了，不知道他们怎样，推想起来，大约和三十年前是不会有什么两样的。

二

但俞正燮的歌颂清朝功德，却不能不说是当然的事。他生

---

① 惰民又作堕民，明代称作丐户，清雍正元年（1723）始废除惰民的"丐籍"。教坊废于清雍正七年（1729）。女乐废于清顺治十六年（1659）。

于乾隆四十年，到他壮年以至晚年的时候，文字狱的血迹已经消失，满洲人的凶焰已经缓和，愚民政策早已集了大成，剩下的就只有"功德"了。那时的禁书，我想他都未必看见。现在不说别的，单看雍正乾隆两朝的对于中国人著作的手段，就足够令人惊心动魄。全毁，抽毁，剜去之类也且不说，最阴险的是删改了古书的内容。乾隆朝的纂修《四库全书》，是许多人颂为一代之盛业的，但他们却不但捣乱了古书的格式，还修改了古人的文章；不但藏之内廷，还颁之文风较盛之处，使天下士子阅读，永不会觉得我们中国的作者里面，也曾经有过很有些骨气的人。（这两句，奉官命改为"永远看不出底细来。"）

嘉庆道光以来，珍重宋元版本的风气逐渐旺盛，也没有悟出乾隆皇帝的"圣虑"，影宋元本或校宋元本的书籍很有些出版了，这就使那时的阴谋露了马脚。最初启示了我的是《琳琅秘室丛书》里的两部《茅亭客话》，一是校宋本，一是四库本，同是一种书，而两本的文章却常有不同，而且一定是关于"华夷"的处所。这一定是四库本删改了的；现在连影宋本的《茅亭客话》也已出版，更足据为铁证，不过倘不和四库本对读，也无从知道那时的阴谋。《琳琅秘室丛书》① 我是在图书馆里看的，自己没有，现在去买起来又嫌太贵，因此也举不出实例来。但还有比较容易的法子在。

新近陆续出版的《四部丛刊续编》② 自然应该说是一部新的古董书，但其中却保存着满清暗杀中国著作的案卷。例如宋洪迈的《客斋随笔》至《五笔》是影宋刊本和明活字本，据

---

① 《琳琅秘室丛书》：清代胡珽校刊。主要是掌故、说部、释道方面的书。《茅亭客话》，宋代黄休复著，共十卷，内容系记录从五代到宋真宗时（约当公元十世纪）的蜀中杂事。

② 《四部丛刊续编》：商务印书馆编选影印的丛书《四部丛刊》的续编，共八十一种，五百册。

张元济①跋，其中有三条就为清代刻本中所没有。所删的是怎样内容的文章呢？为惜纸墨计，现在只摘录一条《容斋三笔》卷三里的《北狄俘虏之苦》在这里——

　　　　"元魏破江陵，尽以所俘士民为奴，无分贵贱，盖北方夷俗皆然也。自靖康之后，陷于金虏者，帝子王孙，官门仕族之家，尽没为奴婢，使供作务。每人一月支稗子五斗，令自舂为米，得一斗八升，用为糇粮；岁支麻五把，令绩为裘。此外更无一钱一帛之入。男子不能绩者，则终岁裸体。虏或哀之，则使执爨〔cuàn，烧火煮饭；姓〕，虽时负火得暖气，然才出外取柴归，再坐火边，皮肉即脱落，不日辄死。惟喜有手艺，如医人绣工之类，寻常只团坐地上，以败席或芦藉衬之，遇客至开筵，引能乐者使奏技，酒阑客散，各复其初，依旧环坐刺绣：任其生死，视如草芥。……"

清朝不唯自掩其凶残，还要替金人来掩饰他们的凶残。据此一条，可见俞正燮入金朝于仁君之列，是不确的了，他们不过是一扫宋朝的主奴之分，一律都作为奴隶，而自己则是主子。但是，这校勘，是用清朝的书坊刻本的，不知道四库本是否也如此。要更确凿，还有一部也是《四部丛刊续编》里的影旧抄本宋晁说之《嵩山文集》在这里，卷末就有单将《负薪对》一篇和四库本相对比，以见一斑的实证，现在摘录几条在下面，大抵非删则改，语意全非，仿佛宋臣晁说之，已在对金人战栗，嗫嚅不吐，深怕得罪似的了——

旧抄本	四库本
金贼以我疆场之臣无状，斥堠不明，	金人扰我疆场之地，边城斥堠不明，
遂豕突河北，蛇结河东。	遂长驱河北，盘结河东。

---

①　张元济（1867—1959）：字筱斋，号菊生，浙江海盐人，上海商务印书馆编译所所长。著有《校史随笔》《涉园序跋集录》等。

犯孔子春秋之大禁， 以百骑却虏枭将， 彼金贼虽非人类，而犬豕亦有掉瓦 　怖恐之号，顾弗之惧哉！ 我取而歼焉可也。 太宗时，女真困于契丹之三栅，控告 　乞援，亦卑恭甚矣。不谓敢眦睨中国之地于今日也。 忍弃上皇之子于胡虏乎？ 何则：夷狄喜相吞并斗争，是其犬羊 　猖吠咋啮之性也。唯其富者最先亡。古今夷狄族帐，大小见于史册者百十，今其存者一二，皆以其财富而自底灭亡者也。今此小丑不指日而灭亡，是无天道也。 裭中国之衣冠，复夷狄之态度。 取故相家孙女姊妹，缚马上而去，执侍帐中，远近胆落，不暇寒心。	为上下臣民之大耻， 以百骑却辽枭将， 彼金人虽甚强盛，而赫然示之以威 　令之森严，顾弗之惧哉！ 我因而取之可也。 太宗时，女真困于契丹之三栅，控告 　乞援，亦和好甚矣。不谓竟酿患滋祸一至于今日也。 忍弃上皇之子于异地乎？ （无） 遂其报复之心，肆其凌侮之意。 故相家皆携老襁幼，弃其籍而去，焚掠之余，远近胆落，不暇寒心。

　　即此数条，已可见"贼""虏""犬羊"是讳的；说金人的淫掠是讳的；"夷狄"当然要讳，但也不许看见"中国"两个字，因为这是和"夷狄"对立的字眼，很容易引起种族思想来的。但是，这《嵩山文集》的抄者不自改，读者不自改，尚存旧文，使我们至今能够看见晁氏的真面目，在现在说起

其他散文汇编

来，也可以算是令人大"舒愤懑"的了。

清朝的考据家有人说过，"明人好刻古书而古书亡"，因为他们妄行校改。我以为这之后，则清人纂修《四库全书》而古书亡，因为他们变乱旧式，删改原文；今人标点古书而古书亡，因为他们乱点一通，佛头着粪：这是古书的水火兵虫以外的三大厄。

三

对于清朝的愤懑的从新发作，大约始于光绪中，但在文学界上，我没有查过以谁为"祸首"。太炎先生是以文章排满的骁将著名的，然而在他那《訄〔qiú，逼迫〕书》的未改订本中，还承认满人可以主中国，称为"客帝"，比于嬴秦的"客卿"。但是，总之，到光绪末年，翻印的不利于清朝的古书，可是陆续出现了；太炎先生也自己改正了"客帝"说，在再版的《訄书》里，"删而存此篇"；后来这书又改名为《检论》，我却不知道是否还是这办法。留学日本的学生们中的有些人，也在图书馆里搜寻可以鼓吹革命的明末清初的文献。那时印成一大本的有《汉声》，是《湖北学生界》的增刊，面子上题着四句集《文选》句："抒怀旧之积念，发思古之幽情"，第三句想不起来了，第四句是"振大汉之天声"。无古无今，这种文献，倒是总要在外国的图书馆里抄得的。

我生长在偏僻之区，毫不知道什么是满汉，只在饭店的招牌上看见过"满汉酒席"字样，也从不引起什么疑问来。听人讲"本朝"的故事是常有的，文字狱的事情却一向没有听到过，乾隆皇帝南巡的盛事也很少有人讲述了，最多的是"打长毛"。我家里有一个年老的女工，她说长毛时候，她已经十多岁，长毛故事要算她对我讲得最多，但她并无邪正之分，只说最可怕的东西有三种，一种自然是"长毛"，一种是"短毛"，还有一种是"花绿头"。到得后来，我才明白后两种其实是官兵，但在愚民的经验上，是和长毛并无区别的。给我指明长毛之可恶的倒是几位读书人；我家里有几部县志，偶然翻开来看，那时殉难的烈士烈女的名册就有一两卷，同族里的人也有几个被杀掉的，后来封了"世袭云骑尉"，我于是确切的认定了长毛之可恶。然而，真所谓"心事如波涛"罢，久而久之，由于自己的阅历，证以女工的讲述，我竟决不定那些烈士烈女的凶手，究竟是长毛呢，还是"短毛"和"花绿头"了。我真很羡慕"四十而不惑"的圣人的幸福。

对我最初提醒了满汉的界限的不是书，是辫子。这辫子，是砍了我们古人的许多头，这才种定了的，到得我有知识的时候，大家早忘却了血史，反以为全留乃是长毛，全剃好像和尚，必须剃一点，留一点，才可以算是一个正经人了。而且还要从辫子上玩出花样来：小丑挽一个结，插上一朵纸花打诨；开口跳将小辫子挂在铁杆上，慢慢的吸烟献本领；变把戏的不必动手，只消将头一摇，嚓啪一声，辫子便自会跳起来盘在头顶上，他于是耍起关王刀来了。而且还切于实用：打架的时候可以拔住，挣脱极难；捉人的时候可以拉着，省得绳索，要是被捉的人多呢，只要捏住辫梢头，一个人就可以牵一大串。吴友如画的《申江胜景图》里，有一幅会审公堂，就有一个巡捕拉着犯人的辫子的形象，但是，这是已经算作"胜景"了。

住在偏僻之区还好，一到上海，可就不免有时会听到一句洋话：Pig-tail——猪尾巴。这一句话，现在是早不听见了，那意思，似乎也不过说人头上生着猪尾巴，和今日之上海，中国人自己一斗嘴，便彼此互骂为"猪猡"的，还要客气得远。不过那时的青年，好像涵养工夫没有现在的深，也还未懂得"幽默"，所以听起来实在觉得刺耳。而且对于拥有二百余年历史的辫子的模样，也渐渐的觉得并不雅观，既不全留，又不全剃，剃去一圈，留下一撮，又打起来拖在背后，真好像做着好给别人来拔着牵着的柄子。对于它终于怀了恶感，我看也正是人情之常，不必指为拿了什么地方的东西，迷了什么斯基的理论的。（这两句，奉官谕改为"不足怪的"。）

我的辫子留在日本，一半送给客店里的一位使女做了假发，一半给了理发匠，人是在宣统初年回到故乡来了。一到上海，首先得装假辫子。这时上海有一个专装假辫子的专家，定价每条大洋四元，不折不扣，他的大名，大约那时的留学生都知道。做也真做得巧妙，只要别人不留心，是很可以不出岔子的，但如果人知道你原是留学生，留心研究起来，那就漏洞百出。夏天不能戴帽，也不大行；人堆里要防挤掉或挤歪，也不行。装了一个多月，我想，如果在路上掉了下来或者被人拉下来，不是比原没有辫子更不好看么？索性不装了，贤人说过的：一个人做人要真实。

但这真实的代价真也不便宜，走出去时，在路上所受的待遇完全和先前两样了。我从前是只以为访友做客，才有待遇的，这时才明白路上也一样的一路有待遇。最好的是呆看，但大抵是冷笑，恶骂。小则说是偷了人家的女人，因为那时捉住奸夫，总是首先剪去他辫子的，我至今还不明白为什么；大则指为"里通外国"，就是现在之所谓"汉奸"。我想，如果一个没有鼻子的人在街上走，他还未必至于这么受苦，假使没有了影子，那么，他恐怕也要这样的受社会的责罚了。

我回中国的第一年在杭州做教员，还可以穿了洋服算是洋鬼子；第二年回到故乡绍兴中学去做学监，却连洋服也不行了，因为有许多人是认识我的，所以不管如何装束，总不失为"里通外国"的人，于是我所受的无辫之灾，以在故乡为第一。尤其应该小心的是满洲人的绍兴知府的眼睛，他每到学校来，总喜欢注视我的短头发，和我多说话。

学生们里面，忽然起了剪辫风潮了，很有许多人要剪掉。我连忙禁止。他们就举出代表来诘〔jí，追问〕问到：究竟有辫子好呢，还是没有辫子好呢？我的不假思索的答复是：没有辫子好，然而我劝你们不要剪。学生是向来没有一个说我"里通外国"的，但从这时起，却给了我一个"言行不一致"的结语，看不起了。"言行一致"，当然是很有价值的，现在之所谓文学家里，也还有人以这一点自豪①，但他们却不知道他们一剪辫子，价值就会集中在脑袋上。轩亭口离绍兴中学并不远，就是秋瑾小姐就义之处，他们常走，然而忘却了。

"不亦快哉！"——到了一千九百十一年的双十，后来绍兴也挂起白旗来，算是革命了，我觉得革命给我的好处，最大，最不能忘的是我从此可以昂头露顶，慢慢的在街上走，再不听到什么嘲骂。几个也是没有辫子的老朋友从乡下来，一见面就摸着自己的光头，从心底里笑了出来到：哈哈，终于也有了这一天了。

假如有人要我颂革命功德，以"舒愤懑"，那么，我首先要说的就是剪辫子。

四

然而辫子还有一场小风波，那就是张勋的"复辟"，一不小心，辫子是又可以种起来的，我曾见他的辫子兵在北京城外布防，对于没辫子的人们真是气焰万丈。幸而不几天就失败了，使我们至今还可以剪短，分开，披落，烫卷……

张勋的姓名已经暗淡，"复辟"的事件也逐渐遗忘，我曾在《风波》里提到它，别的作品上却似乎没有见，可见早就不受人注意。现在是，连辫子也日见稀少，将与周鼎商彝同列，渐有卖给外国的资格了。

我也爱看绘画，尤其是人物。国画呢，方巾长袍，或短褐椎结，从没有见过一条我所记得的辫子；洋画呢，歪脸汉子，肥腿女人，也从没有见过一条我所记得的辫子。这回见了几幅钢笔画和木刻的阿Q像，这才算遇到了在艺术上的辫子，然而是没有一条生得合适的。想起来也难怪，现在的二十岁上下的青年，他生下来已是民国，就是三十岁的，在辫子时代也不过四五岁，当然不会深知道辫子的底细的了。

171

其他散文汇编

---

① 指施蛰存。

那么，我的"舒愤懑"，恐怕也很难传给别人，令人一样的愤激，感慨，欢喜，忧愁的罢。

十二月十七日。

　　一星期前，我在《病后杂谈》里说到铁氏二女的诗。据杭世骏说，钱谦益编的《列朝诗集》里是有的，但我没有这书，所以只引了《订讹类编》完事。今天《四部丛刊续编》的明遗民彭孙贻《茗斋集》出版了，后附《明诗钞》，却有铁氏长女诗在里面。现在就照抄在这里，并将范昌期原作，与所谓铁女诗不同之处，用括弧附注在下面，以便比较。照此看来，作伪者实不过改了一句，并每句各改易一二字而已——

教坊献诗

　　教坊脂粉（落籍）洗铅华，一片闲（春）心对落花。旧曲听来犹（空）有恨，故园归去已（却）无家。云鬟半挽（弹〔duǒ，下垂〕）临妆（青）镜，两泪空流（频弹）湿绛纱。今日相逢白司马（安得江州司马在），尊前重与诉（为赋）琵琶。

　　但俞正燮《癸巳类稿》又据茅大芳《希董集》，言"铁公妻女以死殉"；并记或一说云，"铁二子，无女。"那么，连铁铉有无女儿，也都成为疑案了。两个近视眼论匾额上字，辩论一通，其实连匾额也没有挂，原也是能有的事实。不过铁妻死殉之说，我以为是粉饰的。《弇〔yǎn，覆盖，遮蔽；承袭；深；狭〕州史料》所记，奏文与上谕具存，王世贞明人，决不敢捏造。

　　倘使铁铉真的并无女儿，或有而实已自杀，则由这虚构的故事，也可以窥见社会心理之一斑。就是：在受难者家族中，无女不如其有之有趣，自杀又不如其落教坊之有趣；但铁铉究竟是忠臣，使其女永沦教坊，终觉于心不安，所以还是和寻常女子不同，因献诗而配了士子。这和

狂人日记

小生落难，下狱挨打，到底中了状元的公式，完全是一致的。

二十三日之夜，附记。

*本篇最初发表于一九三五年三月《文学》月刊第四卷第三号，发表时题目被改为《病后余谈》，副题亦被删去。参看本书《附记》。

阿　金

　　近几时我最讨厌阿金。

　　她是一个女仆，上海叫娘姨，外国人叫阿妈，她的主人也正是外国人。

　　她有许多女朋友，天一晚，就陆续到她窗下来，"阿金，阿金！"的大声地叫，这样的一直到半夜。她又好像颇有几个姘头；她曾在后门口宣布她的主张：弗轧姘头，到上海来做啥呢？……

　　不过这和我不相干。不幸的是她的主人家的后门，斜对着我的前门，所以"阿金，阿金！"的叫起来，我总受些影响，有时是文章做不下去了，有时竟会在稿子上写一个"金"字。更不幸的是我的进出，必须从她家的晒台下走过，而她大约是不喜欢走楼梯的，竹竿，木板，还有别的什么，常常从晒台上直摔下来，使我走过的时候，必须十分小心，先看一看这位阿金可在晒台上面，倘在，就得绕远些。自然，这是大半为了我的胆子小，看得自己的性命太值钱；但我们也得想一想她的主子是外国人，被打得头破血出，固然不成问题，即使死了，开同乡会，打电报也都没有用的，——况且我想，我也未必能够弄到开起同乡会。

　　半夜以后，是另一种世界，还剩着白天脾气是不行的。有一夜，已经三点半钟了，我在译一篇东西，还没有睡觉。忽然听得路上有人低声的在叫谁，虽然听不清楚，却并不是叫阿金，当然也不是叫我。我想：这么迟了，还有谁来叫谁呢？同时也站起来，推开楼窗去看去了，却看见一个男人，望着阿金的绣阁的窗，站着。他没有看见我。我自悔我的莽撞，正想关窗退回的时候，斜对面的小窗开处，已经现出阿金的上半身来，并且立刻看见了我，向那男人说了一句不知道什么话，用手向我一指，又一挥，那男人便开大步跑掉了。我很不舒服，好像是自己做了什么错事似的，书译不下去了，心里想：以后总要少管闲事，要练到泰山崩于前而色不变，炸弹落于侧而身不移！……

　　但在阿金，却似乎毫不受什么影响，因为她仍然嘻嘻哈哈。不过这是晚快边才得到的结论，所以我真是负疚了小半夜和一整天。这时我很感激阿金的大度，但同时又讨厌了她的大声会议，嘻嘻哈哈了。自有阿金以来，四围的空气也变得扰动了，她就有这么大的力量。这种扰动，我的警告是毫无效验的，她们连看也不对我看一看。有一回，邻近的洋人说了几句洋话，她们也不理；但那洋人就奔出来了，用脚向各人乱踢，她们这才逃散，会议也收了场。这踢的效力，大约保存了五六夜。

　　此后是照常的嚷嚷；而且扰动又廓张了开去，阿金和马路对面一家烟纸店里的老女人开始奋斗了，还有男人相帮。她的声音原是响亮的，这回就更加响亮，我觉得一定可以使二十间门面以外的人们听见。不一会，就聚集了一大批人。论战的将近结束的时候当然要提到"偷汉"之类，那老女人的话我没有听清楚，阿金的答复是：

　　"你这老×没有人要！我可有人要呀！"

　　这恐怕是实情，看客似乎大抵对她表同情，"没有人要"的老×战败了。这时踱来了一位洋巡捕，反背着两手，看了一会，就来把看客们赶开；阿金赶紧迎上去，对他讲了一连串的洋话。洋巡捕注意的听完之后，微笑地说道：

"我看你也不弱呀！"

他并不去捉老×，又反背着手，慢慢的踱过去了。这一场巷战就算这样的结束。但是，人间世的纠纷又并不能解决得这么干脆，那老×大约是也有一点势力的。第二天早晨，那离阿金家不远的也是外国人家的西崽忽然向阿金家逃来。后面追着三个彪形大汉。西崽的小衫已被撕破，大约他被他们诱出外面，又给人堵住后门，退不回去，所以只好逃到他爱人这里来了。爱人的肘腋之下，原是可以安身立命的，伊孛生（H. Ibsen）戏剧里的彼尔·干德①，就是失败之后，终于躲在爱人的裙边，听唱催眠歌的大人物。但我看阿金似乎比不上瑙威女子，她无情，也没有魄力。独有感觉是灵的，那男人刚要跑到的时候，她已经赶紧把后门关上了。那男人于是进了绝路，只得站住。这好像也颇出于彪形大汉们的意料之外，显得有些踌蹰；但终于一同举起拳头，两个是在他背脊和胸脯上一共给了三拳，仿佛也并不怎么重，一个在他脸上打了一拳，却使它立刻红起来。这一场巷战很神速，又在早晨，所以观战者也不多，胜败两军，各自走散，世界又从此暂时和平了。然而我仍然不放心，因为我曾经听人说过：所谓"和平"，不过是两次战争之间的时日。

但是，过了几天，阿金就不再看见了，我猜想是被她自己的主人所回复。补了她的缺的是一个胖胖的、脸上很有些福相和雅气的娘姨，已经二十多天，还很安静，只叫了卖唱的两个穷人唱过一回"奇葛隆冬强"的《十八摸》②之类，那是她

---

① 彼尔·干德：挪威戏剧家伊孛生（易卜生）所作《彼尔·干德》剧中主角，他是个意志脆弱、想象力丰富的人，终在爱人催眠曲中死去。

② 《十八摸》：旧时流行的庸俗小调。

用"自食其力"的余闲，享点清福，谁也没有话说的。只可惜那时又招集了一群男男女女，连阿金的爱人也在内，保不定什么时候又会发生巷战。但我却也叨光听到了男嗓子的上低音（barytone）的歌声，觉得很自然，比绞死猫儿似的《毛毛雨》要好得天差地远。

阿金的相貌是极其平凡的。所谓平凡，就是很普通，很难记住，不到一个月，我就说不出她究竟是怎么一副模样来了。但是我还讨厌她，想到"阿金"这两个字就讨厌；在邻近闹嚷一下当然不会成这么深仇重怨，我的讨厌她是因为不消几日，她就摇动了我三十年来的信念和主张。

我一向不相信昭君出塞会安汉，木兰从军就可以保隋；也不信妲己亡殷，西施沼吴，杨妃乱唐的那些古老话。我以为在男权社会里，女人是决不会有这种大力量的，兴亡的责任，都应该男的负。但向来的男性的作者，大抵将败亡的大罪，推在女性身上，这真是一钱不值的没有出息的男人。殊不料现在阿金却以一个貌不出众，才不惊人的娘姨，不用一个月，就在我眼前搅乱了四分之一里，假使她是一个女王，或者是皇后，皇太后，那么，其影响也就可以推见了：足够闹出大大的乱子来。

昔者孔子"五十而知天命"①，我却为了区区一个阿金，连对于人事也从新疑惑起来了，虽然圣人和凡人不能相比，但也可见阿金的伟力，和我的满不行。我不想将我的文章的退步，归罪于阿金的嚷嚷，而且以上的一通议论，也很近于迁怒，但是，近几时我最讨厌阿金，仿佛她塞住了我的一条路，

① "五十而知天命"：出自《论语·为政》。天命，即天道，事物发展的规律。

却是的确的。

愿阿金也不能算是中国女性的标本。

十二月二十一日。

＊本篇写成时未能发表（参看本书《附记》），后发表于一九三六年二月二十日上海《海燕》月刊第二期。

隐　士

　　隐士，历来算是一个美名，但有时也当作一个笑柄。最显著的，则有刺陈眉公①的"翩然一只云中鹤，飞去飞来宰相衙"的诗，至今也还有人提及。我以为这是一种误解。因为一方面，是"自视太高"，于是另方面也就"求之太高"，彼此"忘其所以"，不能"心照"，而又不能"不宣"，从此口舌也多起来了。

　　非隐士的心目中的隐士，是声闻不彰，息影山林的人物。但这种人物，世间是不会知道的。一到挂上隐士的招牌，则即使他并不"飞去飞来"，也一定难免有些表白，张扬；或是他的帮闲们的开锣喝到——隐士家里也会有帮闲，说起来似乎不近情理，但一到招牌可以换饭的时候，那是立刻就有帮闲的，这叫作"啃招牌边"。这一点，也颇为非隐士的人们所诟病，以为隐士身上而有油可揩，则隐士之阔绰可想了。其实这也是一种"求之太高"的误解，和硬要有名的隐士，老死山林中者相同。凡是有名的隐士，他总是已经有了"悠哉游哉，聊以卒岁"的幸福的。倘不然，朝砍柴，昼耕田，晚浇菜，夜织屦，又那有吸烟品茗，吟诗作文的闲暇？陶渊明先生是我们中国赫赫有名的大隐，一名"田园诗人"，自然，他并不办期刊，也赶不上吃"庚款"，然而他有奴子。汉晋时候的奴子，是不但侍候主人，并且给主人种地，营商的，正是生财器具。所以虽是渊明先生，也还略略有些生

---

　　① 陈眉公：陈继儒（1558—1639），字仲醇，号眉公，华亭（今上海市松江区）人。明代文学家、书画家。

财之道在，要不然，他老人家不但没有酒喝，而且没有饭吃，早已在东篱旁边饿死了。

所以我们倘要看看隐君子风，实际上也只能看看这样的隐君子，真的"隐君子"是没法看到的。古今著作，足以汗牛而充栋，但我们可能找出樵夫渔夫的著作来？他们的著作是砍柴和打鱼。至于那些文士诗翁，自称什么钓徒樵子的，倒大抵是悠游自得的封翁或公子，何尝捏过钓竿或斧头柄。要在他们身上赏鉴隐逸气，我敢说，这只能怪自己糊涂。

登仕，是噉饭之道，归隐，也是噉饭之道。假使无法噉饭，那就连"隐"也隐不成了。"飞去飞来"，正是因为要"隐"，也就是因为要噉饭；肩出"隐士"的招牌来，挂在"城市山林"里，这就正是所谓"隐"，也就是噉饭之道。帮闲们或开锣，或喝道，那是因为自己还不配"隐"，所以只好揩一点"隐"油，其实也还不外乎噉饭之道。汉唐以来，实际上是入仕并不算鄙，隐居也不算高，而且也不算穷，必须欲"隐"而不得，这才看作士人的末路。唐末有一位诗人左偃①，自述他悲惨的境遇道："谋隐谋官两无成"，是用七个字道破了所谓"隐"的秘密的。

"谋隐"无成，才是沦落，可见"隐"总和享福有些相关，至少是不必十分挣扎谋生，颇有悠闲的余裕。但赞颂悠闲，鼓吹烟茗②，却又是挣扎之一种，不过挣扎得隐藏一些。虽"隐"，也仍然要噉饭，所以招牌还是要油漆，要保护的。泰山崩，黄河溢，隐士们目无见，耳无闻，但苟有议及自己们或他的一伙的，则虽千里之外，半句之微，他便耳聪目明，奋袂而起，好像事件之大，远胜于宇宙之灭亡者，也就为了这缘故。其实连和苍蝇也何尝有什么相关。

① 左偃：南唐诗人，终生未做官。
② 赞颂悠闲，鼓吹烟茗：周作人、林语堂等人长期提倡悠闲的生活情趣。

明白这一点，对于所谓"隐士"也就毫不诧异了，心照不宣，彼此都省事。

一月二十五日。

*本篇最初发表于一九三五年二月二十日上海《太白》半月刊第一卷第十一期，署名长庚。

半 夏 小 集

一

A：你们大家来品评一下罢，B 竟蛮不讲理的把我的大衫剥去了！

B：因为 A 还是不穿大衫好看。我剥它掉，是提拔他；要不然，我还不屑剥呢。

A：不过我自己却以为还是穿着好……

C：现在东北四省失掉了，你漫不管，只嚷你自己的大衫，你这利己主义者，你这猪猡！

C 太太：他竟毫不知道 B 先生是合作的好伴侣，这浑蛋！

二

用笔和舌，将沦为异族的奴隶之苦告诉大家，自然是不错的，但要十分小心，不可使大家得着这样的结论："那么，到底还不如我们似的做自己人的奴隶好。"

三

"联合战线"之说一出，先前投敌的一批"革命作家"，就以"联合"的先觉者自居，渐渐出现了。纳款①，通敌的鬼

---

① 纳款：降服、投降的意思。出自《晋书·赫连勃勃载记》："河源望旗而委质，北虏钦风而纳款。"

蜮行为，一到现在，就好像都是"前进"的光明事业。

四

这是明亡后的事情。

凡活着的，有些出于心服，多数是被压服的。但活得最舒服横恣的是汉奸；而活得最清高，被人尊敬的，是痛骂汉奸的逸民。后来自己寿终林下，儿子已不妨应试去了，而且各有一个好父亲。至于默默抗战的烈士，却很少能有一个遗孤。

我希望目前的文艺家，并没有古之逸民气。

五

A：B，我们当你是一个可靠的好人，所以几种关于革命的事情，都没有瞒了你。你怎么竟向敌人告密去了？

B：岂有此理！怎么是告密！我说出来，是因为他们问了我呀。

A：你不能推说不知道吗？

B：什么话！我一生没有说过谎，我不是这种靠不住的人！

六

A：阿呀，B 先生，三年不见了！你对我一定失望了罢？……

B：没有的事……为什么？

A：我那时对你说过，要到西湖上去做二万行的长诗，直到现在，一个字也没有，哈哈哈！

B：哦，……我可并没有失望。

A：您的"世故"可是进步了，谁都知道您记性好，"责人严"，不会这么随随便便的，您现在也学会了说谎。

B：我可并没有说谎。

A：那么，您真的对我没有失望吗？

B：唔，无所谓失不失望，因为我根本没有相信过你。

七

庄生以为"在上为乌鸢食，在下为蝼蚁食"①，死后的身体，大可随便处置，因为横竖结果都一样。

我却没有这么旷达。假使我的血肉该喂动物，我情愿喂狮虎鹰隼，却一点也不给癞皮狗们吃。

养肥了狮虎鹰隼，它们在天空，岩角，大漠，丛莽里是伟美的壮观，捕来放在动物园里，打死制成标本，也令人看了神往，消去鄙吝的心。

但养胖一群癞皮狗，只会乱钻，乱叫，可多么讨厌！

八

琪罗②编辑圣·蒲孚③的遗稿，名其一部为《我的毒》（*Mes Poisons*）；我从日译本上，看见了这样的一条：

> "明言是轻蔑什么人，并不是十足的轻蔑。惟沉默是最高的轻蔑。——我在这里说，也是多余的。"

诚然，"无毒不丈夫"，形诸笔墨，却还不过是小毒。最高的轻蔑是无言，而且连眼珠也不转过去。

狂
人
日
记

---

① "在上为乌鸢食，在下为蝼蚁食"：出自《庄子·列御寇》。乌鸢，泛指鸟。蝼蚁，指蝼蚁。

② 琪罗（V. Giraud, 1868—1953）：法国文艺批评家，著有《泰纳评传》等。

③ 圣·蒲孚（C. A. Sainte - Beuve, 1804—1869）：今译圣佩韦，法国文艺批评家。著有《文学家画像》《月曜日讲话》等。

九

作为缺点较多的人物的模特儿，被写入一部小说里，这人总以为是晦气的。

殊不知这并非大晦气，因为世间实在还有写不进小说里去的人。倘写进去，而又逼真，这小说便被毁坏。

譬如画家，他画蛇，画鳄鱼，画龟，画果子壳，画字纸篓，画垃圾堆，但没有谁画毛毛虫，画癞头疮，画鼻涕，画大便，就是一样的道理。

有人一知道我是写小说的，便回避我，我常想这样的劝止他，但可惜我的毒还不到这程度。

＊本篇最初发表于一九三六年十月《作家》月刊第二卷第一期。